U0793467

# 永失家园

李锐散文

李锐 著
何平 选编

译林出版社

**图书在版编目（CIP）数据**

永失家园 ： 李锐散文 / 李锐著 ； 何平选编. 南京 ： 译林出版社， 2025. 9. -- ISBN 978-7-5753-0835-9

Ⅰ. I267

中国国家版本馆CIP数据核字第2025SV9212号

**永失家园：李锐散文　李　锐 / 著　何　平 / 选编**

责任编辑　管小榕
装帧设计　韦　枫
校　　对　王　敏
责任印制　闻媛媛

出版发行　译林出版社
地　　址　南京市湖南路 1 号 A 楼
邮　　箱　yilin@yilin.com
网　　址　www.yilin.com
市场热线　025-86633278
排　　版　南京展望文化发展有限公司
印　　刷　江苏凤凰新华印务集团有限公司
开　　本　850 毫米 ×1168 毫米　1/32
印　　张　8.375
插　　页　4
版　　次　2025 年 9 月第 1 版
印　　次　2025 年 9 月第 1 次印刷
书　　号　ISBN 978-7-5753-0835-9
定　　价　59.00 元

版权所有 · 侵权必究

译林版图书若有印装错误可向出版社调换。质量热线：025-83658316

# 目 录

## 第二辑　留住真诚

## 第三辑　语言自觉

第一辑

# 出入山河

# 寂静的高纬度
## ——北欧散记

1988 年《厚土》结集，马悦然教授把它翻译成瑞典文，并由瑞典布拉别克出版社出版发行。1989 年 7 月、1990 年 6 月先后两次接到布拉别克出版社社长约翰先生的邀请，终于成行。此行还得到斯堪的纳维亚航空公司（简称 SAS）的赞助。事隔一年，一切记忆犹新。

### 一、好喝不过热汤面

临行前才知道，去斯德哥尔摩恰好和谌容同乘一个航班，出远门能有个伴儿当然高兴。见了面我告诉谌容，有位眼科主任看了她的《人到中年》后说："这人起码有五年以上的眼科临床经验。"谌容就笑了："我就看了点儿书，去医院待了几天。"

1989 年四五月间访问美国的时候，我只知道英文有二十六个字母，英语就是用这二十六个字母拼来拼去。急中生智就想了一个简便的办法，干脆一言以蔽之，就学一句：I don't know English（我不懂英语）。说不懂也不全是事实，还记了一个词：Orange Juice（橘子汁）。于是从中国到美国，除了空姐送的快餐之外，我就在飞机上喝了一路的 Orange Juice，到了旧金山吃第一顿真正的美国饭，一咬牛肉牙倒了。和谌容在一起用不着出这种洋相，除了一般的会话之外，她好像精通所有关于食物的用语。SAS 的服务是第一流的，一等舱的服务就更好。一路十小时的航程，空姐们不断微笑着把各种食物送到嘴边上：炸牛排、烤兔肉、煎鳕鱼，还有各式各样的面包、糕点、巧克力，然后就是法国香槟、白兰地、苏格兰威士忌、丹麦啤酒，再加上花花绿绿的各色果汁饮料。一路上我跟谌容学白葡萄酒和红葡萄酒的发音，等到下了飞机还是忘了怎么说。机舱是一个秩序良好的饲养场，所有的肠胃都被填得满满的，填满了肚子的脑袋就都开始昏昏欲睡，空了一大半的一等舱显得有点冷清。我睡不着，又找了一个挨舷窗的位子坐下。浓厚的云海遮断了飘渺的视线，眼前只有一派高远单一的青蓝色，只有一颗高远单一的太阳，一切琐碎的都被抹去，都被这大手笔的抽象升华为纤尘不染的纯粹，一个饱食的俗人无意间走到宇宙的门槛上，忽然就觉得有点不对头，有点坐不住。

十小时的航程中不断地向旅客们报告飞行状况，坐舱前面的电视屏幕上，隔一会儿就闪出一幅色彩鲜艳的地图，一道弓形的弧线标志出飞行航线，然后就是一连串的数字，飞行高度：10 000 米，时速：870 公里，机外温度：−25 摄氏度，飞机位置：东经 102 度 15 分，北纬 45 度 28 分……沿着这条航线我渐渐地朝着从来没有到达过的高纬度，朝着接近北极圈的北纬60度线飞过去。因为有七个小时的时差，那天过了两个早晨两个中午。向西飞行十小时在哥本哈根转机，又向北飞了一小时才抵达斯德哥尔摩，领了行李走出机场的时候已是傍晚了，而且正下着雨。正走着听见有人喊我的名字，隔着晃动的人头看见马悦然教授挥着一只烟斗在笑。走过去才知道马教授的夫人陈宁祖女士、斯德哥尔摩大学汉语系主任罗德弼教授都来了。因为访问日程不同，谌容随罗教授走，我随马教授老两口回家。

陈宁祖女士是四川人，见了面就爽快地告诉我："你以后就叫我宁祖，叫他悦然，这样简单。"我试了试，不行。只好还是按我的习惯叫她陈老师。马教授一路上兴致勃勃地跟我讲《厚土》，讲他最近刚刚读过的曹乃谦的短篇，说他非常喜欢，正打算翻译乃谦的小说。我惊讶他对中国大陆文坛了解得如此迅速，马教授笑了："我必须读很多才能有选择，就这样也还是读不完，中国太大了。"

淅淅沥沥的秋雨把城市弄得怪伤心的，借着灯光我觉得过了一些桥，和一些模糊的尖屋顶。早晨还在北京的家里和大哥一块喝大米稀饭，吃豆沙包子，一眨眼，到了一个叫斯德哥尔摩的地方，走在许多金发碧眼的洋人中间。自访美之后两年来经历的许多事情，也一眨眼被七个时区的距离远远地隔开，不由得就觉得有些虚假，有些陌生。有一刻，就有点神不守舍，怔怔地看着雨刷把许多泪雨从车窗上抹下去，听着车轮溅起沙沙的水声。

进了屋门宁祖就系起围裙张罗着弄晚饭，并且说知道我在飞机上吃了一肚子“洋荤”，只做点清淡的。果然片刻工夫饭做好了，热腾腾的一碗鸡汤面，上面浮了一层翠绿的菜叶，桌子上摆了两盘炒菜。马教授笑吟吟地拿出两个酒杯来：

“今天我们一定要喝一点。我有茅台，有泸州大曲。”

碰响了酒杯，马教授又说：“非常高兴你能来。”

我把酒喝下去，我更高兴，能到这儿来对我是种意外。

因为还要返回城里的旅馆，宁祖要我们快点用餐。喝下一口热汤，顿时觉得满肚子里乱七八糟的洋味道一下子都被理顺了。

宁祖问：“怎么样？”

我说：“到家了。”

## 二、和康有为坐一会儿

因为时差的关系凌晨三点半就醒了，醒了无事就去洗澡，洗了澡还无事就打开窗帘，坐在台灯下边看冯友兰先生的《中国哲学简史》，等着斯德哥尔摩醒过来。先是清扫车低声地在黑暗中开过去；然后，街对面的楼房在晨曦中清晰起来；再然后，便看见满天的浓云被海风驱赶着匆匆而过；渐渐的，从裂开的云缝中斯德哥尔摩醒了：金色的朝阳平静地照在它的脸上，塔楼的尖顶，深红的屋瓦，古色古香的街道，都静静地等着阳光走过来。我注意到这里和旧金山、纽约不同，这儿看不见一座那种美国人引以为豪的摩天大厦。平静的斯德哥尔摩躺在平静的阳光下边，静静地沉思着，没有一丝青春的躁动和炫耀。

斯德哥尔摩是一座由十四个岛屿七十座桥梁编织起来的城市，波罗的海深沉的蓝色为它定下清冷的基调，高纬度斜射的阳光又给这清冷抹上一层高远透彻的辉煌。

上午马教授接我去逛市容，并专门带我去他们住所附近的一座公园玩。说公园又不是公园，沿着山坡的森林、花坛走上去，除了驯鹿、灰熊、海豹一类的动物而外，公园基本上是一个散落的村庄。村庄里星散着木头的农舍、牛棚、场院、谷垛、水磨和风车，一切都是两三百年前的模样。房屋农具都是从全国各地收集来的。农舍里摆着纺车、锄头、镰刀、马鞭、铁铲一类农具，壁炉里的松柴毕毕剥剥地烧着，穿着老式农家服装的姑娘，坐在粗笨的木凳上转着纺锤。所有这一切手工的劳作在瑞典都已变成历史了，都被当作文物收藏在这儿。说实话，看着这些文物并没有引起旅游式的愉快，我不知道中国的农民什么时候才能直起汗水淋淋的脊梁来办一个这样的展览。

下午还是逛市容，领路的是位老乡，叫郭川。郭川在这得了学位，已经做了大学讲师，有一份在这属于中等但却可以叫老乡们咋舌的收入。老乡带着我逛旧城，逛王宫，逛街头上趣味横生的小商店，走过许多桥，看见许多蓝色，和蓝色中的倒影，经过许多教堂和巍峨的古代建筑，我记不住那么多的名字，索性就不记，只记得如水的秋风把一座城市清澈地刮到视线中来。时间很充裕，不用急，我跟着老乡过了一座桥，又过一座桥，绕过一条街，又过一条街。累了就在街角上随便捡个椅子坐下来，看着零星的游人悠闲的来往。然后，老乡请我到一家日本餐馆吃鱼片，餐馆的名字倒是记住了，叫“将军”。走进门去，在楼梯拐角处撞见一个全身披挂浑身闪亮的“武士”，模样像是中国戏台上的武将，只是脱不尽日本式的做作和蛮横。吃了鱼片时间还早，又去看了几处地方，老乡指着一座楼房说：“这是一所老旅馆，当年戊戌变法失败康有为流亡出国，曾在这个旅馆住了一年多。”听见这话顿时来了情绪，旅馆的第一层是咖啡厅，完全罩在新装的玻璃里面。于是我建议：

“走，和康有为坐一会儿。”

这大约是个五星级的旅馆，大厅里的装潢金碧辉煌像是王宫。我们拣了一个视野开阔处坐下，隔了一条马路和一道白色的石栏就是海水，向左可以看见钟楼高耸的老市政厅，向右隔着桥栏可以看见不远处的水面上停泊着一条洁白的大船，老乡说那是个青年旅馆，专门给在斯德哥尔摩度蜜月的新婚夫妇住的，收费极低，但是一次只能住三天。喝着茶，郭川说许多斯德哥尔摩人都知道康有为在这儿住过。我不由就想，不知这些人是否也知道康有为为什么会万里迢迢跑到这来住着；不知康有为住在这座旅馆里是一种怎样的心境；去国怀乡，孤旅天涯，一个孤寂的中国心灵却偏偏又游荡到如此高远的寂静中来。

想想真快，从1898年到现在已是九十二年，许多年前康有为住在这座旅馆里的时候，一定也像我们一样曾坐在窗前看着平静如画的斯德哥尔摩。山川依旧，往事如烟，九十年的岁月把康有为变成了一个依稀的故事，而且这个故事只有一句话——“康有为在这儿住过”。

不知不觉中秋天的傍晚悄悄走了过来，如水的秋风之中，晚照涂金，满目堂皇，愈发衬出斯德哥尔摩的高雅和安宁，像一片蓄满了秋水的湖泊，明彻，清冷，却又印满了古老而辉煌的云阵。

我举起茶杯来提议：“以茶代酒，为康有为碰一次杯吧。”

于是，在那座金碧辉煌有如王宫的旅馆里，两个中国人轻轻碰响了茶杯。身边所有那些金发碧眼的人们都不会想到，这是为了康有为。

## 三、粗话与天鹅

从上世纪末到本世纪初，瑞典的一些学者就开始了对中国文化和历史的研究。著名汉学家高本汉和地质、考古学家安德森两人，1926年共同建立了斯德哥尔摩远东博物馆，并于1929年创办了该馆的学术刊物《通报》。从那时起，瑞典就成为欧洲研究中国文化、历史的重要中心之一。马悦然教授自1946年开始在斯德哥尔摩大学高本汉先生门下学习研究中文，至今已是四十多年，可谓穷经皓首，著作等身。为了了解中国，他曾在 1948 年到四川长期居住，并在峨嵋山的一座寺庙内幽居数月，向一位高僧学习中国古代诗歌。为了研究考查佛教，又去青海做过探险式的旅行。他曾专攻《谷梁传》《公羊传》《左传》，并将董仲舒的《春秋繁露》译为英文。历年发表的各种论文达二百多篇。他翻译成瑞典文的《水浒》已经连出三版，成了畅销书，并且正在翻译另一部巨著《西游记》。他还翻译过一部分唐诗宋词，翻译了沈从文的主要作品，和鲁迅、老舍的一些小说。他主编了《中国现代文学及其社会背景》以及六卷本的《中国现代文学手册》。1986 年 9 月在意大利都灵召开的第三十届欧洲中国学大会上，他当选为欧洲研究中国协会主席。自 20 世纪 80 年代以来，马悦然教授把眼光转向中国当代文学，把许多年轻一代的诗人、作家介绍给世界。

到了斯德哥尔摩以后，马、罗二位教授，要我给“斯大”汉语系的研究生们做一次演讲。跑到这么一个汉学中心里来讲什么呢？我有点犯难。可又不能不讲。想了想，干脆就讲平日所说所想，就讲“我所理解的中国和中国人”吧。可这个题目太宽太大，又想了想，干脆就从中国人的粗话讲起。讲“粗话”也有一点原由，我那本《厚土》里用了不少粗话，可谓五花八门，品种齐全，为此还引来了一些批评。其实，关于“粗话”，我倒是有几分有意为之的。且不说粗话带来的语言氛围是任何一种规范、清洁的语言都不能替代的，只从行为学的角度看，中国人每日口头上操着的粗话，实在是中国传统文化一种最深层的积淀。于是，我在“斯大”东亚图书馆清静文雅的阅览室里告诉研究生们：欧洲人敬上帝，中国人敬祖宗。欧洲人眼里上帝高于一切。中国人眼里祖宗高于一切，君君、臣臣、父父、子子的伦理秩序，乃是万世不变的天理。欧洲人骂人虽然也用猪狗一类的畜生，但骂人最痛的是“你这个犹大”，宗教意味甚浓。中国人也有猪狗一类的骂人话，但骂人最痛者莫过于“操你的祖宗”，而且在那个性行为的动词后边有全方位、多系列、超时空的对象，万变不离其宗，都以打乱或是参加被骂者的血缘伦理关系而达到对对手的侮辱。更有甚者，吕梁山的农民嘴上最喜欢用的那一句是“日你一万辈儿的祖宗”，二十年为一辈，一万辈就是二十万年，二十万年前的祖宗如何能“日”呢？不是泥土，也是化石了。可见这超时空、超物质、超生命的性扰乱，是为了从根儿上开始，所谓掘祖坟，所谓连根拔的意思。文质彬彬的教授和研究生们听了我的话哄堂大笑。作为土生土长的中国作家，我自信无论中国还是外国的学者，怕是都难以像我这么地道地“寻根”。

但是被中国历代君王和圣贤们视为经天纬地、安邦定国的孔孟之道，就是这样不是靠书本而是靠粗话，在中国世世代代口口相传的。被敬在大雅之堂由莘莘学子恭称为经典的准则，就是这样在民众的口头上泛流弥漫而成为俗语粗话，而成为民众中一种最普遍的日常行为，而成为全民族的潜意识，甚或无意识，而成为一种最深刻、最牢固的积淀。高兴骂，生气骂，男人骂，女人骂，大人骂，小孩也跟着骂，上至国家领袖，下至草民百姓，凭着“他妈的”这样一句国骂，你可以毫无疑义地在地球上确认一种文化标志，你可以毫无疑义地辨认出一群黄皮肤黑头发的人群，从而走进一个有五千年传统的渊源久远的文化。

事有凑巧，白天刚刚在图书馆讨论了粗话，晚上马悦然教授请我在皇家歌剧院看瑞典皇家芭蕾舞团的传统剧目《天鹅湖》，天鹅公主奥杰塔是由团里最好的A角演员来扮演的。只有两张票，马教授让郭川和我一起去。柴可夫斯基作曲的《天鹅湖》，自从1877年在莫斯科首次公演，到现在已是一百一十三年了，一百多年里不知被多少人演了多少次，可是那天晚上，雍容华贵的歌剧院里还是座无虚席。《天鹅湖》的故事很简单：美丽的公主奥杰塔被恶魔掳去变成了天鹅，但公主与王子齐格费里德相爱，最后爱情战胜邪恶，公主恢复人形。按照中国戏剧的套子说，这是个才子佳人的故事，而且是一桩门当户对的婚姻。但这么一套就走味了，首先所谓才子配佳人事实上从来是以男性才子为潜在的中心，而且到头来总要弄个状元及第、榜上有名，因此也就有了一官半职的正统靠山。其次门当户对充满了对钱财、地位的权衡，所以是“婚姻”不是“爱情”。优美之至的《天鹅湖》讲的是优美之至的爱情，讲的是美丽战胜了邪恶。可是中国的情人们远没有这么幸运，中国的梁山伯与祝英台只能在死后变成彩蝶双双飞；中国的焦仲卿和刘兰芝，只能一个“举身赴清池”，一个“自挂东南枝”。想到这里，不由得又想起那些“粗话”，想起那个“一万辈儿的祖宗”。古往今来这个“一万辈儿的祖宗”，不知合情合理地杀了多少梁山伯与祝英台，不知逼死多少焦仲卿和刘兰芝，甚至包括唐玄宗这样的皇帝天子也在劫难逃。最可悲的是后世千千万万的焦仲卿、刘兰芝们终于默认了那个情理，在默认和麻木中度过了一代又一代的青春。中国有句名言，叫作“哀莫大于心死”。可是在那个合情合理的牢房里，毕竟还有生命的呼号和奔突，我想中国人嘴头上骂人的粗话之所以如此的五花八门丰富多彩，之所以如此的举世罕匹，倒也不可不视为是一种潜意识的性反抗，一种无意识的性宣泄。人们常常可以在大街上、市场上、公共汽车上遇见对骂的场面，污言秽语喷口而出的当儿，你会看到平时麻木漠然的脸像被施了魔法，变得无比生动，那一刻间痛快淋漓的表演，可以超过世界上任何一个伟大天才的演员。可那一刻，你也会痛彻心扉地感到在千百年的禁锢和压抑之下人的丑陋的扭曲，你也会眼睁睁地看到一种古老的衰落。

华丽的大幕拉开了，优美无比的音乐响起来，美丽善良的公主奥杰塔婀娜多姿地来到灯光聚照的舞台上，一个令人忘情的神话开始了。可那都是别人的优美与高雅。

## 四、“大战”与“文革”

第二天的上午还是在东亚图书馆的阅览室，我接受瑞典最大的报纸《每日新闻》记者的文学采访，还是由老乡郭川做翻译。既是文学采访，所谈自然不外乎是文学。谈创作经历，谈文学观念，谈中国大陆文学的现状和发展。都谈完了，记者说，现在咱们随便聊聊我不再做记录了。于是他问我：

“你刚才提到上山下乡运动和一代知青作家，那种经历虽然是痛苦的，但是它毕竟使你们成为了出色的作家，你是不是这样认为的？”

我听出来这是一个肯定式的提问，而且是一个几次出国都遇到过的问题。其实在国内也有许多人这样讲：是“文化大革命”和上山下乡运动造就了一代知青作家。谢谢上帝！阿弥陀佛！如果有谁这么愿意“当”作家，我宁愿跟他换换，让他也去花十年工夫被“造就”上一次，而让我来做一个不曾被造就过的平凡的普通人。于是，我告诉记者：这个问题不是这样讲的，这个问题本身有一种逻辑的偷换。不错，“文革”和上山下乡的经历是使一些后来成为作家的知青刻骨铭心地体验了生活，体验了永生难忘的生命过程。但那并非是特别为了未来的作家们而设立的必修课。那是一场灾难，一场全民族八亿人的血泪交织的浩劫。是谁敢这样胆大妄为而又冷酷无情地宣布：幸亏因为“文革”我才当了作家？拿八亿人的灾难，拿上千万知青背井离乡家破人亡的惨痛经历来换几个作家不是太奢侈，太冷酷，也太可怕了吗？作为作家我崇尚文学，崇尚艺术，我甚至视文学艺术为自己的生命。但是我从来不相信有任何可以高于生命的文学艺术，不管那文学和艺术是多么地自认为伟大，自认为永恒。于是，我对记者说，在两次世界大战之后，整个西方世界产生了大师层出的，整整几十年汹涌澎湃的现代派、超现代派的艺术潮流。是否可以因此而肯定“大战”的某些合理性呢？是否可以为了再造就几个萨特、加缪或是海明威一类伟大的作家，而再来搞它两次世界大战呢？我又说，第一、第二次世界大战瑞典都没有参加，瑞典也没有搞“文化大革命”，不是照样产生了斯特林堡这样的大作家和英格马·伯格曼这样的国际性大导演吗？作家之所以成为作家是因为他原来就是作家，这不用谁来造就，更不用非要苦难来造就。如果一定要说苦难，那也只是作家自己内心的苦难造就了作家，有的人一生历尽艰辛但默默无语，有的人却因为一场猝雨而写下了历时千载的诗句。

那天的访问或说讨论因为这个话题而谈得很深入。记者告诉我他很忙，他已经定好了飞机票，明天他就将飞往海湾，因为在那儿一场二战以来的最现代化也最大规模的立体战争正迫在眉睫，作为新闻记者，他绝不能错过这个采访的机会，尽管为此而冒着生命危险也在所不辞。作为一个操笔墨生涯的同行，我钦佩他这种职业的献身精神，而且我相信，他肯定能为瑞典的公众迅速及时地做回出色的报道。但我也相信他将和我一样憎恨战争，憎恨制造了战争的罪人。我还相信，终究有一天会有几个出色的作家来描述这场战争，以此来一吐衷肠。但他们肯定会像我一样最不愿意听到这样的结论：幸亏因为有海湾战争你们才成为作家，是海湾战争造就了你们这些人——

把罪恶还给罪恶吧，

把苦难还给苦难吧，

把荣誉还给世俗吧，

我只想做一个普通的人。

我特别喜欢一位作家说过的话：我只关心自己是否写出好作品，我不关心自己是不是好作家——写好作品的是人，当好作家的是面具。

短短几天的交往让我和郭川成了无话不谈的朋友，在徜徉街头或举杯共饮的时候，他吐露了许多心头的苦闷。他告诉我他想回国去，现在不回去，但总有一天他要回去。可是他的妻子不想回，为此他们两人在这个平静如水的城市里开始有了隔阂，为此他们在这远离热土的地方开始有了平静如水的苦闷。为了留在这里，郭川的妻子要买一部小汽车，郭川不想买，但为了妻子他最终还是同意了，他取出几乎是全部的存款买了汽车，现在他的妻子每天高兴地开着自己的汽车加入到那些川流不息的车流里去，但是郭川心里的苦闷却更多也更深了。

现在新一代的“知青”们，管出国留学或出国谋生叫作“洋插队”，他们当中许多人是曾经有过一次“土插队”的经历的，郭川就是其中的一个，生活赐予这一代中国人的磨难真不知有多少。说起这些苦闷的时候，郭川并不那么激动，或者说已经不会再那么激动了。生命毕竟经历了岁月，岁月毕竟磨粗了生命。郭川常常是闷闷地点起一支烟，说几句便停下来默默地吸几口烟，要么正说着，就倚在路边的栏杆上眯起眼睛，朝透彻平静的夕阳转过脸去，如水的秋风就撩乱了他的头发，我就有点想哭，我就有点心疼他……洋插队的知青中间有的已经是作家，有的将来肯定也会成为作家，我想当他们终有一天成就了文学的时候，绝不会为自己的经历而庆幸。

## 五、捡回几片“中国”来

伴着车窗上一幅又一幅的风景画，我从斯德哥尔摩乘电气机车来到南方名城哥德堡。哥德堡是瑞典最大的港口城市，一下车便可以闻到海的气息，每年一度的盛大的国际书展就在这座海港城市举行。站台上一个文雅的大高个笑着朝我走过来，后来我才知道倪尔思先生曾经翻译过沈从文那些关于湘西的散文，难怪他笑得那么从容优雅。

到旅馆放下行李我们先赶到书展上去，巨大的三层展厅摆满了琳琅满目色彩斑斓的书籍，世界各地有数百家出版社都到这来“赶集”，都争奇斗艳地打出自己的招牌以招引顾客的注意。有些出版社还把一些著名作家专门请来签字售书，在一条长龙的前边我看见了畅销书作家阿瑟·黑利。倪尔思告诉我，所有这些长龙的前边都有一个畅销书作家，而且大都是写惊险、侦探小说的，看来中国外国都一样。在布拉别克出版社的展台上到处摆着一个红色的“25”，原来今天是他们出版社创办二十五周年的纪念日，倪尔思笑着说：“今天晚上恐怕要有好东西吃。”临来之前就听马悦然教授讲过，布拉别克出版社的社长约翰先生是位雄心勃勃精明强干的实业家。二十五年前他白手起家出版自己的第一本书，二十五年后他的公司已经成为全瑞典最大的出版公司之一，建立了一套独特的邮销系统，有许多固定的客户。展台负责人拿过橱窗里的《厚土》给我看，我得承认那本书精美漂亮得出乎意料，甚至让我觉得它是不是有点太奢侈了。出版社的人当场慷慨赠书，问我要多少，书太重，我只要了十本。回到旅馆的房间后，我当即抽出一本来为女儿在扉页上写下一句话："笛安，爸爸把自己的第一本精装书送给你作礼物，我希望有一天能和你一起到这个美丽的国家来看看。"没想到上小学二年级的女儿只对后半句话感兴趣，我回国后她时不时地就要问一句："爸爸，咱们什么时候去瑞典呀，明年暑假？"

就像那个别出心裁的展台一样，晚上约翰先生安排了一场别出心裁的晚宴。几辆大旅游车拉着客人们在城市里转来转去，大家都在猜想不知是到哪个大饭店去，没想到汽车在一座码头仓库前面停下来，客人走下车，海风刮着，海浪哗哗地扑到堤坝上，弄得人有点纳闷：到这干什么来呀？仓库的门一打开，立刻有欢快的音乐响起来，临时搭起来的小舞台上一支四人小乐队且舞且唱，一个印着布拉别克出版社"25"周年字样的白围裙送到客人手里，并且要大家都系好，另外每人又送了一份报纸，接着一盘一盘的香槟酒在人群里传开来。可是主人还没有露面，人们还是不知道接下来怎么办。等到人们在香槟酒里把悬念酿足了的时候，忽然房间的一扇墙打开了，一架叉车变戏法一样开出来，叉车上用布拉别克出版社的书箱摆成一个讲台，约翰先生在人们的惊笑声中笑吟吟地举起一支话筒：

“女士们，先生们，欢迎你们到这里来参加我们的晚会。我之所以选中这间仓库来举办这次晚宴，是因为小的时候我自己常常到这里来玩。我喜欢大海，喜欢渔船，喜欢鱼，我曾梦想着做一个渔夫……”

一个常到海边来玩耍的孩子如今成功了，可他还是情不自禁地回到海边来重温童年的梦想，重新提起那些当初和他一起卧薪尝胆、甘苦与共的朋友们。

在约翰先生的身后，整饰一新的仓库里摆满各色美酒，摆满各种水果，摆满了几乎所有的可以从大海里捕捞来的海鲜。觥筹交错、笑语喧哗之中，坐着我这个唯一的从中国来的客人。热心的倪尔思给我一面一一介绍酒和食物，一面一一介绍座位周围的客人。渐渐地我明白，这间大屋子里的酒和菜，这间大屋子里的客人都是第一流的。瑞典学术界、教育界、文学艺术界的泰斗名流济济一堂。临座的一位考古和历史学家听说我是从中国来的，非常高兴地和我攀谈起来。我才知道他领导和组织的一支考古队，最近刚刚在哥德堡港口附近的海底打捞起一条古船，这条船是二百多年前在一场风暴中沉没海底的，船上装满了从中国运来的瓷器，由于有约翰先生以及其他人的大力赞助，这次打捞终于获得成功。现在这条船已经成为哥德堡和全瑞典的新闻，甚至因此而为本市带来了许多新奇的旅游者。他们正打算在清理考查结束之后，为这条船办一个专门的博物馆，以供人们参观。刚才发给每人一份的报纸上就有这条船的专题报道。正说着，屋子里响起一阵瓷片碰撞的清脆的响声，有两位服务人员捧了两只大竹筐正挨桌走过来。我看到每个人都从筐里取出一两片闪光的瓷片，然后嬉笑着和自己的邻座比较着看谁的更好看。我对英语单词还有一个记忆，我知道当“中国”讲的“china”还有一个意思是瓷器。于是当那大竹筐哗哗脆响着转到面前时，我从筐里取出几片“中国”来，把它们放在掌心里——都是很平常的青花瓷，在中国是属于那种随处可见的东西，不会引起任何人的好奇。可是两百年前的一场风暴把它们沉进卡特加特海峡黑暗的泥沙里，当两百年后它们被人从海底打捞上来的时候，变成了一场奇迹，只是这奇迹已经变成了古董，变成了许多破碎的残片。竹筐从我面前又转走了，听着瓷片清脆的响声，听着“中国”哗哗的叹息。我相信那间大屋子里，只有一个中国人听懂了一首无词无调的古歌。

## 六、远游的候鸟

在哥德堡参加了书展，和倪尔思非常愉快地相处了两天，我又起程继续南下到赫尔辛堡。先期抵达的马教授夫妇，到火车站接我去他们的南方别墅，安排我住在由出版社预定的“海岸”旅馆。马教授告诉我这一带的海岸风景区，过去曾是德国王室常来避暑的地方。我不知当年德国王室们在这里是怎样享受的，但我却忘不了在南方的三天，那三天总有一种住在家里的温暖。老两口每天都带我出去参观、拜访。马教授是在那里出生的，在那一带有许多他们的老朋友、老邻居——画家、雕塑家、陶瓷艺术家、手工编织艺术家，每天出去拜访这些人的家庭，跟他们很随便地攀谈，听他们随手拿起自己做好的或正在做的艺术品很轻松地讲几句，然后再尝尝他们亲手制作的最地道的南方的茶点，有时候还会举杯邀饮。串门回来就吃宁祖做的中餐，面条、饺子、馄饨、米饭，然后就坐在灯光下，每人一杯热茶闲坐聊天。他们听我讲吕梁山，讲自己的文学经历和体验，讲我的文学朋友。我听他们讲瑞典，讲南方，当然讲得最多的还是中国。马教授特意挑出几本书来让我看看台湾作家的作品，于是，回到海岸旅馆伴着隐隐而来的海潮声，我又认识了几位新同行。可我当然明白，这三天的时间是他们停下手头的工作专门为我而拿出来的，唯其如此才更感它的可贵。有一天傍晚，和老两口坐在屋前的草坪边聊天，渐渐地看着眼前的夕阳静静地沉下海去，一抹残红安详地洇染了青蓝洁净的天空，洇染了渐渐围上来的暮色，房子背后高坡上那架巨大的风车，慢慢变成一个剪影。看着这青天，碧海，绿草，红屋，和一架在海风中讲故事的老风车，不由就又生出那种虚幻感，不由就又想，怎么就会走到这幅画里来了呢？

布拉别克出版社的社址不在哥德堡，而是在赫尔辛堡附近的一座小城里。按照事先安排好的日程，我们一行三人又去出版社参观他们的包装流水线，和由电脑自动控制的书库。参观之后，中午在出版社的餐厅和约翰先生共进午餐，吃牛排和土豆。牛排是那种切开以后还带血色的，我有些不大行。但是土豆行，在吕梁山吃过六年土豆，用知青的话说“早就练出来了”。那时候粮食不够吃，土豆是折合成口粮分给社员的，只是老乡们不叫土豆，更不叫马铃薯，叫山药蛋。几乎一年四季都得吃它，既当菜，又当饭。见面打招呼一个问：“吃啥饭？”另一个就骂起来：“日他先人，山药蛋！”可骂完了还得吃，除了玉茭面、小米子之外，能吃的就是山药蛋。地窖里的山药蛋世世代代不知填饱过多少饥肠辘辘的肚子。看见我爱吃土豆，约翰先生告诉我，那位用意第绪语（一种日耳曼语）写作的以撒·辛格先生也曾在这张餐桌上吃过饭，他也特别爱吃土豆，于是等到他过八十岁生日的时候，约翰先生就做了一个黄金的马铃薯送他当礼物。约翰先生当然不会知道我的能吃土豆是“练出来”的不是“爱”出来的，他当然更不会知道，吕梁山上种土豆的农民提起这东西来会骂大街。要是他们知道有人用黄金做了山药蛋当礼物送人，不知又该怎么想。世界真大，世界也真小，有些事情有些人会千年万年永不相知，永不见面，可有些时候却又如此不可思议地汇聚在一张狭窄的桌面上。吃完饭，约翰先生叫人拿来签名笔，要我在餐厅的一面墙上签名留念。那面雪白的墙上写满了各种各样的文字，但约翰先生说：“还没有一个中国人的名字，你一定要用中文签名。”于是，我在那面墙上留下一个中国人的名字，留下一行中文记载的时间：李锐，一九九〇年九月十八日。

三天一眨眼过去了，马教授夫妇又把我送到火车上。我的下一站是隆德，要去隆德大学东语系访问两天，又要和一些陌生人讲那个永远也讲不清楚的“我所理解的中国和中国人”。

宁祖不放心，怕我错过站，又托一位同行的越南小伙子提醒我，他也是去隆德大学的。在车窗口上我一直望着他们直到车开出很远。

等到我和那位小伙子半通不通攀谈起来的时候，才知道原来他是个中国人。他们家 1949 年从广州迁到河内，1954 年法国人撤退前又举家迁往西贡，1975 年越南南、北双方统一，不久以后，他与家人终于和许多华侨一样沦落成难民漂泊四海。当年瑞典出于人道主义曾接受了五万越南难民，这样，他的家才算终于停止了迁徙。一番攀谈感慨万千。这个小伙子从祖父、父亲嘴里学来的中国话久已不用，差不多忘光了。越南话也用不上，也正在忘光。他现在已经学会了瑞典话，上了中学，又考进了著名的隆德大学，学的是电子专业。为了生存下去，人类真有不可预量的勇气和毅力，像一群远飞的候鸟，跋山涉水不畏艰辛地寻找生命的栖息之地，浑身尘垢，满腹凄凉，有些成功了，有些死去了。在这可歌可泣的追寻之中，不知有多少刻骨铭心的往事变得依稀难辨，变成了永远的过去。没有永恒，也没有永生，生命之针只给生命指示着可以活下去的再生之地。

## 七、酒吧消愁愁更愁

哥本哈根是北欧最大的航空和航海的交通枢纽。从哥本哈根向西飞行三十分钟跨过一个窄窄的海峡，就到了日德兰半岛上的奥尔胡斯市。在北欧五国中丹麦显得有些与众不同，因为它的日德兰半岛是与欧洲中心部分的大陆相连的。丹麦产生了存在主义哲学创史人索伦·克尔恺郭尔，丹麦产生了本世纪最伟大的原子物理学家尼尔斯·玻尔，最为丹麦人引以为豪的是他们拥有一个全世界的孩子都知道的安徒生，安徒生给了孩子们一个只属于他们自己的美丽的世界。

奥尔胡斯大学东亚学院汉语系安排我住在一位年轻的中国画家的家里。在奥大有许多中国留学生，听说来了老乡很多人都来聚会聊天，所以在奥尔胡斯的五天，夜夜长谈，每天都熬到凌晨三四点才睡觉。有的朋友还专门带着酒和吃的来当夜宵。有一天又到了凌晨一点，酒喝了，菜也吃了，大家还不尽兴，四五个人又提议到街上的昼夜酒吧去。于是画家领路，一伙人乘兴而去。正走着，碰见一个衣衫不整的老头儿。他大概听出这是一伙中国人，于是照直走过来，从随身斜背的书包里取出一叠传单，一面每人一份地分发，一面说："请你们把这带回中国去，请你们不要扔掉，这是我用自己的退休金印刷的。"因为在国外常常会碰到这样散发广告的人，我以为这也是广告。可画家笑了，他说这可不是广告，这是红卫兵传单。红卫兵？有这事儿？画家就又笑，说这老头儿是奥尔胡斯的一景，他是个退休老工人，可不知为什么他认准了中国的"文化大革命"是人类最伟大的革命，他常对人说他现在没有钱，如果有，他一定要到中国去，他打算向中国人民呼吁：你们不应当放弃毛主席的无产阶级革命路线，你们应当把那场革命进行到底。因为去不了中国，他就自己花钱印了传单在奥尔胡斯到处散发，而且从不放过任何一个从眼前走过的中国人。有的时候，他的胳膊上还戴着一个红袖章，那也是他自己制作的。画家说没想到今天这么晚了老头儿还在进行“革命”工作，也许他是刚刚从酒吧出来的。听画家这么说我直发傻，没想到会在丹麦碰见这么一位“文化大革命”的真传弟子。我真想告诉他，“文化大革命”要是真在丹麦搞起来，别说十年，连一天你也受不了！

街角上的那个酒吧间是属于那种人人都去的大众场合，还没进门就看见一股股的烟气卷出来，震耳欲聋的摇滚乐撞得人脸都疼。几个小伙子围着一个喝醉了的中年妇女，听她高举酒杯以标准的美声唱法引吭高歌，女人还没唱完，邻座的一个男人像喊号子一样和了一句，于是满酒吧的人都哈哈大笑起来。在鼎沸的人群中我们找到角落里的一张空桌，每人要了一瓶啤酒，接着又要了一瓶。刚才的酒和现在的酒加在一起就有了几分酒兴。受那位女“歌唱家”的感染，一位女同学说：“咱们也唱吧。”大家都知道她干别的都是业余，唱歌才是她的本行。于是说，你先来。女同学就唱：

小板凳排一排，
小朋友们坐上来，
遵守秩序排好队，
大家坐好就开车，

轰隆隆隆隆，轰隆隆隆隆

轰隆隆隆隆，哞儿——

一阵开怀大笑从中国人当中传出来，旁边的客人们肯定不会知道这伙中国人一下子回到了幼儿园时代。女士开了头，我们便一人一首地唱下去。有人唱俄罗斯民歌《三套车》，有人唱《苏三起解》，还有人唱“文革”时的流行歌曲毛主席语录歌，轮到我，大家说还是来段山西民歌吧。于是我就唱：

家住那个太谷住城西，北门外就搭起了台台，唱起了戏……

一时间歌声笑声不断，大家全都忘了身处何地，全都不知“今夕是何年”。不知不觉的，我们发现酒吧里的人开始在用一种特别的眼光看着我们，像是在看一群什么异类。过了一会儿，一个有些醉意的老头儿朝我们走过来，拉过一张椅子坐在我的旁边，对着我举起他的手来指着说什么，我告诉他“I don’t know”，于是女同学就来当翻译，老头儿说：“几点了？……你们看看几点了……为什么你们还不走？你们的爸爸妈妈呢？他们不要你们了？……你们打算在这待多久，一年，两年，……为什么你们不走……”我只能翻一句听一句，可是其他的朋友们都听懂了。有位朋友终于忍不住站起来喊道：“你凭什么这样做？你有什么权力要我们走？……”他一直在说英语，脸色惨白浑身发抖，终于他喊出一句我能听懂的中国话来：“你他妈混蛋！你从这滚开！”立刻有许多人围上来，立刻形成了两个团体，酒吧的侍者慌忙跑来插到中间，把那个醉醺醺的老头儿拉走了。一阵骚乱平静了，我们又要了啤酒，可是一切都不对味儿了，坐不住，也喝不下，我的手也有点抖。朋友们都说：“李锐，没事儿，你别往心里去。这种事我们在外边待长了都木了。”我就笑了：“没事儿，咱们这拨人经过‘文化大革命’没有怕的了。”于是，就还喝酒。可还是不对味儿。画家说，咱们走吧。于是，大家都站起来。

走到街上画家不让人走，非要让大家再回他那儿坐一会儿。回到家画家又拿出一瓶法国红葡萄酒来说，来，再喝！于是，每人一杯都再喝。喝了一会儿，就有人说，明天一早李锐还要上路，咱们走吧。说完了，没人动。又喝。喝了一会儿又有人说，明天一早李锐还要上路，咱们走吧。说完了，还没人动。还喝。最后天快亮了，朋友们说，行，李锐你走吧，系里有人送你，我们就不去了。然后就握手，就再见。剩下的人各回各屋。我的杯里还有酒，端起杯子想起女儿来。有一次，我对女儿说，这个世界上好人少，坏人多。女儿问，谁好谁坏？我说，小孩儿都是好人，大人都是坏人。女儿说，我不信，爸爸也是大人，爸爸就不坏。我说，你不懂，连爸爸在内大人都是坏人。他们打仗、杀人、说谎、自私、贪心，破坏地球，做点好事唯恐别人不知道，做了坏事千方百计不承认，然后就待在电视里谈判。可是有一样，再坏的大人他也得生小孩，再坏的大人生下来的小孩也是好人，所以，这个世界就没法全都变成坏人。女儿说，你说的乱七八糟都是什么呀，我都听不懂了，反正我是小孩，我是好人。那次的讨论就这么中断了，我知道也压根讨论不下去了，再说就该说上帝，说亚当、夏娃，说盘古开天、女娲造人，说存在主义……说把这个世界搅乱了的大人们为自己的恶行所编出来的种种托辞和好听话……不过我想也许安徒生和我想的一样，不然他怎么会一辈子在那个儿童的世界里沉得那样深呢。

酒杯里剩下的半杯酒在灯光下晶莹剔透，像一块半圆的红宝石，我把红宝石一口饮干，和衣躺在沙发上，窗帘的缝隙中已经透进微弱的晨光来。算下来正是女儿吃午饭的时间。

## 八、“呐喊”与裸像

和老乡们一连五天的彻夜长谈之后，我迷迷糊糊地飞到奥斯陆。出海关的时候，一位年轻英俊的警官一句接一句地向我提问，大概是英语、法语、德语、挪威语都使上了，可我就是没反应，最后终于半睡半醒地凑出一句英语来：I’m go to University of Oslo（我去奥斯陆大学）。显然他的英语水平很高，不管多难听的“外地口音”都听得出来，他立刻明白了我的话抬手放行。奥斯陆大学东亚系主任罗特维先生从机场接我到旅馆，又带我去学校办了些事情，然后问我剩下的时间计划做什么。我说，睡觉，我已经连续五天都是只有三两个小时的睡眠了。于是，睡了一个下午，起来吃了一点东西，接着又睡了一个晚上，第二天早上才算清清楚楚地看见了奥斯陆。打开地图，看见北纬 60 度线刚好划过城市，再向北 6 度 34 分就是冷冰冰的北极圈了。

罗特维先生是中国近代史专家，而且主攻中国共产党早期的历史研究，他正在写一部关于瑞金“苏维埃政府”时期的专著，他告诉我，他找到了不少鲜为人知的材料。罗特维先生三十年前来过中国，那时候整个中国大陆热得像一座土高炉，正搞超英赶美的大跃进。由于终年埋在历史文件之中，罗特维先生的汉语口语说得很慢，常常需要停下来选择一下字眼，但我还是跟着他兴致勃勃地去逛街。我们去了皇宫，又去了国家艺术博物馆。几次出国我曾专门参观了许多艺术博物馆，经验告诉我肯定又有精彩节目了。果然，在那儿我遇到了梵高和爱德华·蒙克，听见了蒙克那举世闻名的《呐喊》。

蒙克作于 1893 年的这幅油画也有人把它译为《尖叫》，我觉得《尖叫》更为贴切，看见画面你才会觉得这个有点象形意味的“尖”字，像一把锋利的刀子，挑起整幅画面的线条朝你直刺过来。早在马蒂斯、毕加索还没有长大或者还没有成名之前，作为表现主义画派的大师，蒙克以他无比敏锐的眼睛，发出对工业社会的第一声震耳欲聋的呐喊。与传统视觉的最后一代大师印象主义画家不同，表现主义画家蒙克和后期印象派画家梵高不再画“美”，也不再做科学的奴隶，宣称自己可以用“科学的准确性”把视觉所见描绘到画布上。西方世界最敏感的灵魂们，在表达“人”的痛苦历程中，毅然决然地颠倒了世俗的人们已经习以为常的那个世界，当他们把那座自己传统的金字塔倒转过来，又像西西弗斯那样把这巨大的石头推上山顶的时候，那些彬彬有礼的绅士和淑女们全都认为自己看见了疯子和世界的末日。但是不管世俗是怎样反感叫嚣，前行者们索性竖起彻底反叛的大旗，面对所有的文明人。1905 年在巴黎，马蒂斯和他的伙伴们干脆自称是“野兽”，到了 1907 年毕加索终于带着他震惊世界的《亚威农的少女》，带着他要摧毁现世的立体主义，雷霆万钧地横扫了欧洲和北美。那个从公元前五百年就被伟大的古希腊神庙和石雕建立了的美的典范，后来又在 16 世纪被达·芬奇、米开朗基罗、拉菲尔、提香、科雷乔、丢勒等一大批巨匠推上最辉煌顶峰的美的传统，终于被“野兽”们彻底地摧毁了。造反的“野兽”们簇拥着自己“审丑”的大旗，奔突在人类文明的大地上，他们决心要把这块大地重新涂染一遍。

好像是为了印证这些前行者的预言，欧洲人发动了一次世界大战还不够，紧接着又发动了第二次世界大战，那列被西方人花了许多个世纪才建造起来的漂亮而优越的文明列车，又被他们自己推下悬崖摔得粉身碎骨。我一直存了一个愿望，总想亲身体验一下两次大战以来，所谓西方现代派艺术到底是一种什么样的味道。可自己又是个一句外语也不懂的“国际聋哑人”，所以我只好尽量去寻找那些不用语言的直观艺术，只好看画展，看雕塑。在肯尼迪艺术中心，在萨克尔

（SACKLER）博物馆，在华盛顿国立画廊，在纽约大都会博物馆和现代艺术博物馆，我贪得无厌地追逐着它们，甚至一直追到许多人都不去的私人美术学校，追到 SOHO 街区那些七拐八拐的私人画廊里去。我想看放在博物馆里的现代派艺术，更想看那些活在艺术家们手下生生不息的正在涌流的艺术。可惜，我没有去过我最想去的法国。我还是看得太少。

在这些画家中我喜欢马蒂斯，他的作品流露着一种中国式的简约之美，一种深沉的平静，看他的作品不用费劲，你自己就会流淌进去。我也喜欢梵高那种冰冷而强烈的辉煌，他会把一张椅子画得令人终生难忘。当然我也喜欢毕加索。但我不喜欢晚年的毕加索。在毕加索那儿有种黑色的毁灭，看了阿莲娜·S. 哈芬顿的《毕加索传》，我更坚定了这种看法。这种黑色的毁灭说得难听点，有些残忍的味道。看了他为联合国教科文组织所作的壁画，看了他 1965 年所作的《撒尿的女人》，你分明会感到当年那道雷霆万钧撕天裂地的闪电不见了，有的只是无可奈何地摔落在泥土里的雷霆掀起的尘埃，毕加索在“审丑”的征途上终于走到了自己的终点。西方二元论哲学和试验室科学的传统，给予了西方人穷究万物、穷究宇宙的智慧和辉煌的成果，但这无穷的动力有时也会把漂亮优越的文明列车推向可怕的渊底。两次世界大战是证明，毁灭人类的核武器是证明，毕加索的衰落也是证明。较之中国人，西方人更有一种对天才的迷狂和崇拜。毕加索证明了自己的天才，于是在他身边便匍匐着无数的崇拜者，每个人都担心自己因为不认识天才、不知道天才而被他人判定是蠢材，而被抛出那列漂亮而优越的列车；就像当年他们每一个人都曾胆战心惊地唯恐被上帝所遗弃一样。

但是毕加索毕竟是毕加索，在他九十一岁临去世前的一百一十七天，他画了自己一生中最后一幅自画像，没有故意的张扬，没有故意的反叛，没有故意的“先锋”，也没有故意的毁灭，但它集中了一个人生命最后的力量，那张脸堆满了孤独、迷茫、满心的疑问和对自己九十一年生命历程深情的张望。毕加索衰老的脊梁靠在地狱之门上，对人类，对世界，对他曾经喜怒哀乐过的那颗星球，投去最后的目光……当年那座曾经是鲜花盛开彩云缭绕的高山，如今荒凉了，铅华褪尽，只留下裸露的岩石和一望而知的孤独的寂静。如果有一天，真的有外星人来到我们这颗星球上，他们一定也会像我一样一句“外语”也不懂，但是他们肯定会在这张面孔上一眼看出人类千百年来孤独迷茫的心灵。

时过境迁，这些当年的“野兽”和“叛逆”都已经登堂入室，荣坐在人类艺术殿堂的宝座上，人们在四处建立他们的纪念碑，建立以他们的名字命名的艺术博物馆，世界各国的艺术馆都以能收藏他们的作品为荣耀，当年的野兽如今终于变成被关在笼子里供人观赏的珍奇动物。正如康定斯基所说的，那些“高高矗立的大理石像说明，已经有大批人到达了现在受人尊敬的那些人生前孤独地站立的位置”。当年独创的勇气，如今已经变成了人人都穿的时装；当年孤独的呐喊，如今已经变成人人都哼的流行歌曲。更有甚者，一些亿万富翁们在画商的怂愚下，正在争相以天文数字的高价来抢购他们的作品作为私人收藏。最新的记录是一位日本人创下的，为一幅梵高的《加赛医生肖像》，他出了八千二百五十万美元。我女儿告诉我一则她从书上看来的幽默，说是有位病人得急病住了医院，医生量过体温后告诉他：四十一度五。病人忙问：“医生，世界纪录是多少？”这些动辄花几千万美元买画的人，就颇有点像这位病人，他关心的只是“世界纪录”，他不知道他花八千万美元买回来的仅仅是一幅画的所有权，剩下的全都留给梵高了。这列漂亮优越的文明列车经过修整之后，现在又开动起来了，富翁们的勇气和鉴赏力只限于把现成的纪念碑搬到自己的车厢里来，以标榜比别人更漂亮更优越而已。当年的体面人用冷漠、麻木、拒绝把贫病交加的梵高逼死在奥维尔的麦田里，他们给予梵高一生的报酬只有可怜的四百法郎；如今的体面人却打算用金钱埋葬梵高；但是悭吝者和挥霍者的鉴赏眼光是一样的，他们看见的都是时髦，他们衡量艺术的尺度都是金钱。

我想我们写小说的人不妨也听听这个笑话，那样，我们也许就可以更关心文学，而不是更关心时髦。从国立艺术博物馆走出来，罗特维先生带着我穿街过巷，我问他去哪，他笑着想了想：“我们去看一些不穿衣服的人……人像。”然后又补充说：“裸体。”于是跟着他走进了奥斯陆最著名的佛哥那公园（Frogner Park），走进哥斯塔·威哥兰（Gustav Uigeland）所创作设计的裸像天地之中。从公园入口的甬道开始，两旁是一座挨一座的等人大小的人体铜像，丰满健康，周身都是趋向圆弧的流畅奔放的曲线。有嗷嗷待哺的婴儿，有蹒跚学步的孩子，有联手飞奔的姑娘，有亲吻拥抱的情侣，有缓步而行的家庭，有力举千斤的男子，有垂髯沉思的老人，一个生命所能经历的一切，整个人类所能呈现的天然体态，都被气势磅礴地一一呈现。在这两排长长的铜像的尽头，是一座洁白的花岗石的“祭坛”，“祭坛”上层层升高的白色花岗石雕刻的一簇簇人群，环拥着一座通体由裸体的男女们缠绕盘旋而成的石柱，那个冲天挺立的石柱，分明让人想起了文明的曙光尚未到来之前，原始祖先们的生命图腾的崇拜。没有掩饰，没有做作，没有美化也没有丑化，没有宗教化也没有世俗化，没有人生苦短的哀叹，也没有前途难卜的焦虑，没有故意的先锋，也没有故意的传统，有的只是天然的呈现。

我一时无语，默默地朝着碧蓝的天空昂起头来，仰望着这座矗立在北纬60度线上的生命的纪念碑。

## 九、霜染奥斯陆

第二天又是去东亚系搞讲座，又是那个讲了一路的老题目。因为没有讲稿，只写了一页纸片的提纲，所以留下许多自由发挥的余地。来听讲的都是教汉语的老师和研究生。我讲从粗话里可以看到中国人基本的社会价值观，我讲从一副对联可以看到中国人对待自然和宇宙的态度，这副对联今年春节就贴在我邻居家的门口，写的是：青山不墨千秋画，绿水无弦万古琴。你看它是何等的睿智而优雅。我讲一些诗人把中国的农村描写成恬静的田园，他们说“暧暧远人村，依依墟里烟”。他们说“人家在何许，云外一声鸡”。我又讲一些诗人把中国的农村描写成人间地狱，他们说“四海无闲田，农夫犹饿死”。他们说“锄禾日当午，汗滴禾下土”。然后我说，这并非中国诗人黑白不分头脑发昏。其实，居高临下的“悯农”与优美和谐的“田园”，是他们诗魂一体的两面。由此我又讲到，中国诗人千古不绝的“乡愁”，不管是贬谪千里，还是官场得意，不管是远在他乡，还是荣归故里，他们都要思乡。那个“家乡”，那种无穷无尽的“乡愁”，早已在千年的吟唱之中抽象升华成他们精神与灵魂的家园。在这个“家园”里，他们或浅吟低唱，或洪钟大吕地咏叹了两千五百年。但是，自从清朝人曹雪芹写了《红楼梦》，中国文人的这个精神家园就消失了。曹雪芹说“落了片白茫茫大地真干净”，大家都还傻乎乎地不相信。皇帝还要把它列为禁书，举国上下全都反对他这个国产的第一位“现代派”，读他的书就是犯罪。接着我又说，可自从近代以来，自从你们文明的欧洲人烧了圆明园以来，中国人上至皇帝下至百姓就永远地丧失了自己的家园，他们才明白曹雪芹的话原来不是胡说。辛亥革命以后的新文化运动，是中国文人重建自己精神家园的壮举。他们一下子全都集中到那座被烧毁了的圆明园的废墟里，又翻又找，最后大多数人决定把所有的碎砖烂瓦全都扔出去，办一个新式的农场。扔了几十年才发现这是一个魔园。那些所有坍塌的墙壁，折断的梁柱，原来都是活的。每搬出一件，就又会有新的长出来。有的东西连搬也没搬，只动了动它，就大大小小的，生出一大片。就像《一千零一夜》里的童话故事，他们搬呀搬呀，有的人灰心了，离开了；有的人入魔了，搬着搬着忘了自己原来的目的，变成了古董收藏家；有的人心力交瘁终于累死在墙角下。渐渐地，所有的人都忘了时间，忘了地点，忘了他人，也忘了自己。仿佛只有这么永不停顿地搬下去才能活着。到最后这个历尽艰辛的搬动本身成了人们唯一的行为，也是唯一的精神寄托。在这个全人类文明史上最悲壮、最漫长，也最艰辛的劳作中，这一群黄皮肤黑头发的人别无选择，只能这样生生不息地搬下去。搬到最累的时候，他们也许会汗流满面地坐下来，也许会想起一个故事，这个故事很短，只有三十七个字：

> 夸父与日逐走，入日。渴欲得饮，饮于河渭，河渭不足，北饮大泽。未至，道渴而死。弃其杖，化为邓林。

这群劳作不止的人们知道，这个故事很古老，这个故事是他们唯一的安慰，是他们每一个人的墓志铭……

与西方的西西弗斯不同，西西弗斯是神，神是不死的。夸父是人，人是要死的。西西弗斯们以不死来抗拒痛苦。而死，却是对夸父们的永远的安慰。

在讲了这一切之后，我又讲了一件真事。有一次，我坐在电视机前看见一个节目，播放的是美国著名的百人合唱团的大合唱。这个合唱团是属于一个宗教团体的组织，他们名扬四海，到世界各地去演唱。但是那一天，他们却唱的是一支中国歌曲，唱的是九百年前北宋时期一个叫范仲淹的诗人写下的词，曲牌叫作《渔家傲》：

塞下秋来风景异，衡阳雁去无留意。四面边声连角起。千嶂里，长烟落日孤城闭。

浊酒一杯家万里，燕然未勒归无计。羌管悠悠霜满地。人不寐，将军白发征夫泪。

这是中国文学史上一首非常著名的诗，它著名是因为它刻骨铭心地唱出了中国诗人的乡愁，因此而经历九百年的岁月仍在中国流传。可是那一天，我看着那些金发碧眼的人，听着那些原本是歌唱上帝的歌喉，却在苍凉动人地歌唱着中国人的乡愁，不由得就有眼泪涌出来。那一刻，我相信能产生这样诗歌的人群该是不朽的。那一刻，我猜想能够理解和表达这种诗句的人们，或许是可以沟通的。应听众的要求，我把这首词用普通话翻译了一遍。我知道我在做一件最蹩脚、最愚蠢、最不可能办到的事情，但我只有勉为其难斟字酌句地讲下去，正讲着，我觉得我的声音有点难以控制，我看见坐在对面的一位金发女士在哭，有两行和中国人一模一样的眼泪，正从她白皙的脸上淌下来……

有的时候，人们有幸会在一瞬间，在一行诗里，共度岁月千年。

讲完课以后，罗特维先生在大学精美的教师餐厅里，请我品尝北欧人最爱吃的生鱼片。饭后艾皓德先生热情地开车送我去游览市容，他建议我们去山顶上看看奥斯陆。能够登高望远来度过此行的最后一个下午，当然十分高兴。有汽车代步，我们很快来到山顶。在一座古香古色的木楼酒吧里小憩片刻之后，我们又回到专供观景的平台上。

从山顶上远远望下去，顿觉天宇辽阔，山脚下的湖泊，奥斯陆云集的楼宇，交错如织的公路和街道尽收眼底，被秋霜染红了的树林漫山遍野地向你拥来，飒飒低语着撩起愁思万缕。在中国，秋天是怀念和伤感的季节，一颗“心”上放了一个“秋”字，就是愁。就是被中国诗人不绝如缕咏叹了千百年的情怀。不由得我又想起刚刚在课堂上讲过的范仲淹来：

塞下秋来风景异，衡阳雁去无留意……

该回家了。

那儿有我的亲人，我的朋友，那儿有我的事业，那儿有我的欢乐和幸福，那儿有我的痛苦和愤怒。在那块过分古老的土地上，有我终生不舍而又无以倾诉的中国灵魂的歌哭……

1991 年 9 月 7 日于太原

原载于《收获》1992 年第 1 期

# 永失家园
## ——北欧散记余篇

尽管我不断地嘲笑着自己的“古典”和自作多情，但是，在很长的时间里我怎么也摆脱不了那个白发苍苍的老人，摆脱不了老人悠扬如诉的号声，摆脱不了拥到身上来的明彻如水的秋阳。德斯特教授把那张用粗笔写满“请问……”“怎样……”“谢谢……”的英文字条交给我的时候说：

“这下就不会有问题了。你记住这辆红色的机场接送车，轮渡靠岸前你一定要提前回到车上来。然后就没有问题了，车会直接送你到机场，怎么去国内候机室，在哪登机，纸条上都有，拿给机场服务人员看就是了。你看，那就是厄勒海峡，可以看见的对面就是哥本哈根，五十分钟就到对岸，你就又出国了。”

我一边接过纸条，一边透过楼群的空当看到海的蓝色。

就在这个时候号声响了，几乎所有的人都朝着声音扭过头去：就在不远处楼前的广场边上，一个穿了黑色燕尾服的白发老人，坐在石阶上，旁若无人地专注在自己的演奏之中。紧靠在老人身后的是一棵满树秋黄的白杨，下午的斜阳在楼群之中投出许多宽长的阴影，那个广场就像是夹在峡谷中的一小块盆地。坐在阳光里的老人，老人头顶的满树黄叶，和他那把闪亮的铜号发出来的迟缓悠扬的声音，都被抹上一派难言的辉煌。冷意袭人的海风拥着明澈无比的秋阳刮到脸上身上，老人的白发和衣角时不时凌乱地飘舞起来。就在那时我突然涌出一种连我自己也深感吃惊的渴望，我想放下手中的提箱走过去，同老人和他如诉的号声坐在一起，不去哥本哈根，也不去奥斯陆，取消一切日程安排，不用再坐在黑板前边，文绉绉地对那些金发碧眼的人们讲什么“中国诗人永远丧失了精神的家园”，不用再堆起那么多的微笑和礼貌，一直到把脸笑得又僵又硬。那一刻，我一心一意只想同老人和他如诉的号声一起坐在如水的秋阳里……但是，德斯特教授微笑而礼貌地伸出手来：

“再一次对你精彩的演讲表示感谢，真的是非常精彩！相信奥尔胡斯的同行们也一定会喜欢的。好，再见。”

尽管加快了动作，我发现自己还是慢得超过了界限，连忙又堆出礼貌和微笑来：

“对不起，我在看他……”

“没关系。这在我们这里很平常。”德斯特教授看着老人身前那顶倒放的帽子又解释说：“我们这里对老人的福利很多，他吹号不是为了钱。”说到钱，教授惊呼起来：“呀，对不起，差点忘了你的讲课费！在这儿，一千克朗。学校的经费并不宽裕，所以只能算是……”

一边道歉，德斯特教授递过一只精致的白色信封。于是在悠扬如诉的号声中，双方又都拿出更多的礼貌和微笑来。然后，汽车震颤着发动了；然后，自动门灵巧地关起来；然后，机场接送车几乎是一秒不差地驶离了车站，把老人和他的悠扬如诉甩在错落的楼群之中；然后，厄勒海峡一望无际的冰冷的蓝色冰冷地扑到视线里来。我明白自己什么另外的事情也不能做，只能像这辆机场接送车一样准确无误地，按照排好的日程一站一站走下去，再一次又一次地坐在黑板前边……“表演”，对了，表演。我不由得为这两个字眼苦笑起来。等到表演结束了就回国。其实，德斯特教授用不着解释，我第一眼就看出来那老人吹号不是为了钱，感动我的也不是这个国家的福利。可德斯特教授的那只精致的白信封，就那么精致地放在了自己和老人中间，就那么精致地放在了自己刚刚涌起来的渴望当中……不错，那个老人不需要别人的钱放进他的号声里，老人坐在如水的秋阳里所期待的不是钱。可我却不能说不需要钱，一千克朗意味着自己半年的工资，一千克朗意味着女儿的玩具妻子的皮鞋，一个人物质的需要和匮乏，被外人过分清楚地看在眼里，总是令人尴尬。更何况这一千克朗是付给我这位中国作家“丧失了精神家园”的报偿……可是一望无际的冰冷的蓝色中还是又响起了那悠扬如诉的号声。于是，我就在心里对自己骂起来：

“你他妈的真够个古典的！真酸！”

这样一骂，我轻松了许多。忽然想起来插队的时候，根宝爸就老是这样骂那头叫黑眼窝的母牛的。那时候，自己胸前挂着个五六十斤重的粪筐篓，跟在撒玉米籽的巧梅身后，一捧一捧地把筐箩里的粪土盖在犁沟里的种籽上面。根宝爸总是嫌牛走得慢，一慢就骂起来："哈哈，黑眼窝你个龟孙！看你娇得酸么？一步步也扭不动咧，你个龟孙前生是小姐转世，你就酸不够啦？"巧梅就叽叽咕咕地笑："叔叔，快不用寒碜人啦，看你骂得难听么？"听他们笑，自己也跟着笑。可那时候根宝爸和巧梅没想到，跟在后边抓粪的这个"学生娃"后来会用他们的笑骂写小说。那时候我挂着粪筐箩站在漫天的黄土里，也没想到自己会因为写小说而出了国，会站在那么一个吹号的老人面前"酸"起来……根宝爸们和巧梅们现在都还留在那漫天的黄土地里，都还照旧在犁沟上笑骂着，他们做梦也想不到世界上还有个叫哥本哈根的怪地方，做梦也想不到一个人坐在台上扯两个小时的"闲篇"就能挣一千克朗。那年冬天，村里请了一个说书的瞎子，连说三天三夜才给了他九块钱……可现在什么都没有，没有黄土高原，没有根宝爸和巧梅，也没有那个臭哄哄的粪筐箩。眼睛里是厄勒海峡一望无际的冰冷的蓝色，鼻子里是满坐舱的咖啡的香气，耳朵里是叽里呱啦的洋文。德斯特教授说得非常准确，五十分钟就到对岸，上了岸就是哥本哈根，然后自己就得举着那张英文字条去找国内航班登机口，然后就又得坐在黑板前边文绉绉地演讲。

渡轮宽敞的坐舱四周整个是用钢化玻璃封闭的，玻璃大厅的后边是一个小自选市场，挨着市场是两台自动售货机，再向前是酒吧和快餐部，馋人的咖啡的香味就是从那儿散出来的。不知藏在什么角落里的扬声器，正在播放一支流行歌曲，那个弹着吉他的歌星边说边唱，想必十分风趣幽默，乘客们都在跟着他的说唱会心地哄笑着。我一句也不懂，就那么又聋又哑地坐在陌生的哄笑之中……厄勒海峡一望无际的冰冷的蓝色正在变窄，出了海峡向东是波罗的海，从波罗的海再向东跨过欧亚大陆七个时区，在地图上根本找不到的地方，在漫天漫地灰黄的山脉里，有一个住着根宝爸和巧梅的小村子……许多年以前，还曾经有过一个挂着粪筐箩和他们一起笑骂的“学生娃”……

“你个龟孙前生是小姐转世，你就酸不够啦？”

我像是玩味着一首什么古雅的诗词，坐在渡轮临海的舱位上，在心里翻来覆去地品着这句粗话。我知道我没地方可去，我只能跟着这艘渡轮往前走。

1991 年 9 月于太原

# 走进台北

今年1月初，应台湾《中国时报》之邀，赴台北参加“40—90年代，华文小说研讨会”。虽只匆匆六天，但却见了许多难忘的朋友和事情。

## 一、那样好的阳光

把那束黄白相间的菊花放到姑姑和姑夫的墓上，我退回身来，无言地打量着这一片褪了色的石头，和石头上也是褪了色的斑驳的铭文。背上暖烘烘的，明艳的阳光从身后带着几分力量，温暖地抚摸着墓石，抚摸着碑文，抚摸着丛生的杂草和爆满了绿意的枝条。偶尔的山风刮过墓地，把满山的寂静远远地刮来，又远远地刮走。远处，只有些依稀的白云，和一些也是依稀的山影。

姑姑就躺在那块长条石板的下面。如果没有这块石板，这样好的阳光本该照在姑姑温暖的脸上。

姑姑早就知道自己终有一天会躺到这块石板下面来的。五年前，姑姑在弗吉尼亚那间老人公寓里，指着一张照片对我说，你看，这就是我的地方；你姑夫死的时候，就给我留好了地方，石头都已经打好了的，都是花岗岩的，最结实的石头。我随着姑姑的指尖在照片上看见一些零乱的石头和一个深深的洞。姑姑说，这个地方叫阳明山。多好听的一个名字——让人立刻想起一片明艳的阳光来。

五年前的那次会面太短。在断绝音讯四十年之后，骨肉相聚的时间却只有半天。我告诉姑姑，爸爸妈妈死了，六姑也死了。姑姑告诉我，姑夫早就死了，她自己一手把儿子养大，并且早就离开了台湾。在美国住了二十年，会说的美国话只有一句，How are you。姑姑苍老干枯的手无奈地摆弄着许多旧照片。姑姑说，记不起了，记不起了，一丁点儿也记不起了。我真是老得没得用处了。这样说着，姑姑把许多苍老的眼泪摇下来，姑姑苍老的眼泪落进一片茫茫无奈的空白之中。姑姑真的是老了。姑姑老得连哭的力气也没有了，只能看见她的眼泪一片一片地慢慢爬过皱纹，又一片一片地在那些皱纹的深处困顿地歇下来。姑姑说，我活了八十岁了，活到现在只有一句话听得进——一切都会变成过去。姑姑说这话的时候，正是夕阳西下的时分。巨大的落地窗的外面，晚霞如烟，昏鸦归巢，一轮美国的夕阳，正在给两个中国人映照着一幅天涯泣别图。

我劝姑姑不要哭。我告诉姑姑说，我很快就会再来看她的。我知道这是一句谎话，可我唯一能说出来的也只有这一句。我心里分明知道，这四十年断绝后的一面，也就是最后的一面。望着姑姑那张老泪纵横的脸，眼睛里浮上来那个深不见底的幽黑冰冷的洞，和一些悠远明艳的阳光。那时的我，并不知道是否真的会有一天在墓前与姑姑相见。

如今这一切都是真的了。真的坟墓，真的墓碑，真的铭文，漫山遍野一望无际的墓葬，漫山遍野一望无际的遗忘，和也是漫山遍野的幽远明艳的阳光。那样好的阳光，那样无动于衷，又那样无微不至地陪伴着漫山遍野的死亡。

姑姑如今真的带走了八十年的岁月，躺在那块冰冷的石板的下面，躺在这些悠远明艳的阳光之中。

面对这阳光，一切话语和仪式都显得做作而又多余。

1994 年元月十六日台北归来写就于太原家中

## 二、走出堂皇

在眼花缭乱目不暇接之中，一层楼一层楼地看下去，商代金文，历代玉器，清宫服饰，彩陶汉陶，历代官窑，巨幅名画，赵孟頫书法，魏晋五代陶瓷，殷商大墓，晚商甲骨文，青铜器，琴棋书画欣赏……很快，眼睛就累了，感觉就麻木了。以一个上午的时间，来纵观五千年的中国文明，那实在是一份过分的负担；即便只是走马观花，即便只是一目十行，即便只是沧海一粟，也还是只能望洋兴叹。

台北故宫博物院秦孝仪院长告诉我们说，现在看到的展品只是很小很小的一点，这里的收藏精品，每三年轮换一批，每批只展三个月，最好的精品还展不到三个月，最好最好的不展真品只展复制品。就这样几十年下来从不重复，但轮到展出的藏品也还只是一小部分。

早就听说台北也有个故宫，早就听说台北故宫的收藏极丰，现在终于算是眼见为实了。现在终于走进这林林总总大气磅礴的堂皇之中。而在这一片瑰丽的汪洋里，还远远没有包括秦皇陵兵马俑、长沙马王堆汉墓、湖北随县曾侯乙墓编钟、满城汉墓金缕玉衣、十三陵的地下宫殿、河南安阳小屯的殷墟、偃师二里头的夏墟、陕西扶风岐山的西周宫殿遗址，当然还应当有半坡遗址、龙山遗址、河姆渡遗址、夏家店遗址，等等等等。如果把海峡两岸这些所有的文物都集中在一起，恐怕再有几十座几百座博物馆，也还是不够用。只要有人存在，这种发掘和整理就不会停下来。只要有人存在，对于人类自己到底从何而来，又到底向何而去的焦虑就永远会困扰人、吸引人。这是一个永远无法获得的答案。这又是一个永远不会停歇的考问。

于是，一座座的遗址、陵墓被发掘出来，一批批原属于死人的东西被编号分类，庄严地放进展厅。于是，我们就看到，一座座属于死人的坟墓，变成了一块块属于活人的文明的纪念碑。于是，我们就知道，那每一座坟墓或遗址除了给予我们发现的惊喜而外，也在一次次地证明着我们对于历史的误会和无知。当我们依靠这些遗迹和残片，勉强画出一道叫作“历史”的虚线时，被遗漏被误会的何止万千？何况，这道虚线竟让我们画了五千年。何况，有时为了那考问的逼迫，有时仅仅为了“悠久”一下的虚荣，我们常常会情不自禁地，把那道本来就很模糊的虚线拉得更远、更长。其实，仔细想一想，悠久二字何需证明呢？能够悠久的又何止于中国人？从文字所不可记载，记忆所不可传递，任何实物和遗迹都不可存留的远古，蹒跚走来的白种人、黄种人、黑种人，有哪一个不是白发三千丈？又有哪一个敢说在前边等着他的一定是一个五光十色的天堂呢？

我们最好还是不要太过轻易，也太一厢情愿地赞美历史。因为那个在博物馆里被我们堂而皇之摆出来的“历史”，其实是我们自己难以遏制的渴望。渴望太多，难免生出奢望。渴望太久，难免变出虚妄。我们最好还是不要把历史祭上神坛，然后再对着它撒娇，非要向它讨回无用的光荣和自豪，非要让它给我们幸福和美满的保证，遇到灾难和艰险又非要拉着它来做一面坚不可摧的盾牌。“假做真时真亦假”，这种种娇态大都无用，到头来，那面误会和虚妄的镜子会收走所有的奢望，只给我们留下一片白茫茫的大地。没有古人来安慰，也没有后人来理会，可以拥有的只有自己，和自己心中永无可解的困惑与焦虑。连这身体和这焦虑也终有一天会和所有的古人一样，归于大地，归于永恒的沉寂。我们甚至不能知道，自己将来是否有一天，也会有被人发掘、被人编号归类放进展厅里的幸运。

也许，我们这些现代人早已经永远丧失了成为历史的可能性。在这个一切都可以放进电脑，一切都可以挤进电视，一切都可以复制的快餐时代，无动于衷的人群每天每日匆匆忙忙地把太阳赶下山去，然后又匆匆忙忙地把太阳赶上山来。在这个一切都可以销售，一切都可以制造，一切也都仅仅为了制造和销售而存在的商品时代，充满欲望的人群横流五洲，汹涌四海，并且终于在试管里找到了可以制造的后代。我们大都只是在为别人送葬的时候才会偶尔想起来，自己有一天也终会像别人一样躺下来。

也许，我们不只是不再拥有历史或不想拥有历史，而只是不配成为历史。

弃我去者，昨日之日不可留。乱我心者，今日之日多烦忧。

——眼前的这个大厅何其深邃、迷离而又依稀、漫长。

走出博物院堂皇的大门，走出历史的时候，迎面撞过来一个灿烂无比的艳阳天。

1993年3月4日于新居

## 三、无言之美

该发言的都已经发过了，或风趣幽默，或侃侃而谈。为了风趣幽默和侃侃而谈应该响起的掌声，也都有礼貌有分寸地响过了。大家在等着最后一位的发言。在等着看看这个开幕式还有什么值得鼓掌的。在大会主席一再的邀请下，在经过一再的推辞之后，何经泰十分勉强、十分无奈、十分害羞地走上台来。然后，又经过了一番毫无头绪的手脚的摆放，头发的整理，经泰涨红着脸说：“这有什么可说的呢……实在没有什么可说的了……照片都在墙上挂出来了，大家都已经看到了，我该做的都做了……我只是感谢各位作家为了配合我，让我任意地摆弄……我真的没有要说的了……”没有掌声，响起来的是一片哄堂的笑声。笑声中我发现经泰脚上穿的皮鞋，竟然还是和我一起上吕梁山时穿的那双旧鞋，那双鞋不但已经说不上来颜色，连形状也都是歪歪扭扭的了。诚品书店的会议厅里挂满了与会作家的照片，几乎等人大小的照片站在四面的墙壁上，听着哄堂的笑声，看着满面通红手足无措的经泰。这些照片都是经泰的作品。经泰当初摆弄这些人的时候执着而苛刻，绝无半点的犹豫和退缩。于是，一个个活动的人，就都被他定格在这黑白两色的相纸上。每一个人是他自己，又不是他自己，你分明能感到这黑白两色对人的浓缩和开掘，你分明能体悟那些刻意留在镜头里的前景和背景所组成的语意丰蕴的叙述。这是无言的叙述。在对人和世界的裁剪中，经泰呈现了自己执着而苛刻的表达。在对人和世界的表达方式中，经泰舍弃了嘴，而选择了眼。

第一次见到经泰还是去年夏天的事情。经泰从北京打来电话，说他马上要追到山东高密先给莫言拍照；然后，返回北京转飞太原给我拍照；然后飞北京再给汪老拍照；然后飞香港还要再拍照。我说，太紧张了吧，行吗？经泰说，行。

于是，我和妻子就一起陪他上了吕梁山，一起到了黄河。经泰看到了许多在台北根本看不到的风景，看到了许多在台北根本看不到的另外的一些中国人，听到许多耐人寻味的地名：吴堡，军渡，八盘，上四皓，薛公岭，杏花村。经泰把浑身上下挂满了的机器，翻来覆去地摆弄着。经泰常常会顾不得那些机器独自惊叹起来，好壮观……怎么会是这样的黄色……当经泰这样赞叹的时候，巍巍的吕梁，浩荡的黄河，和一眼望不到边的黄土高原还像往常一样默默无语地呈现着。许多年来我一直生活在它们中间，可每一次和它们对面相见，都好像是第一次，不可言传的体悟和莫名的悲怆会在刹那间袭上心头。

看着眼前的经泰，我就想，也不知这台北来的摄影家能不能读懂黄土高原。

那些七上八下的机器和短短两天的行程，把经泰催得太紧。下山的时候经泰一再说，不行，要拍好一定要再来，要多住些时间，要住在山上，住在河边，才能拍好。经泰这样说话的时候，不时地回过头去打量那些匆匆闪过的村庄和山梁。然后，就下雨了。淅淅沥沥的小雨，把吕梁山巍巍的苍莽和荒凉冷冷地送进车窗，又一直冷冷地送进心底。经泰说，真的有点冷了。其实，那本是一个真正的夏天。

于是，我就看到了墙壁上的我：一个典型的黄土高原的农家院落，背后是一孔窑洞和一些农具，前面是一个大大的毛驴的头，然后是一个穿短袖衫的留胡子的男人，让人一望而知他并不是这个院子的主人。可是在台北的研讨会上，还是不断地有人问我：李锐，那是你的家吗？你就住在那里面吗？那头马是你的吗？我只好笑笑告诉对方说，不是，我不住在那儿，那不是头马是头驴。我懂得，这是“一望而知”出了问题。相互隔绝太久，需要很多很多的注解才行。

我想，给作家拍照，恐怕是最为困难的事情了。因为在每个作家的身后，都有成百万的甚至更多的文字。这些长长的文字，无一不是对作家本人自觉或不自觉的“说明”。有了这个强烈的形象，摄影家的镜头很难脱出对这形象的说明。看得出来，经泰在尽一切努力摆脱这被动的“说明”，经泰想拨开那些纷纭的遮蔽，露出自己那双执着苛刻的眼睛。在这十几幅作家照里，我最喜欢的有两幅。一幅是汪曾祺老先生与老柏树的“合影”，二老相依，泰然如沉静的夕阳，不知有多少岁月多少风雨凝结在他们脸上，一道道的皱纹不知诱发出多少猜想和阅读的欲望。不用说明，不用非要知道那是个作家。也不用知道是老树的皱纹爬上了老人的额头，还是老人额头的皱纹爬上了弯曲的老树。所谓“千般沉浮无悲喜”，相依的老人和老树本身就是生命沉着的诉说。另外一幅，是那张突然被推上都市街头的朱天心。不知道经泰是怎么拍出来的。天心仿佛从睡梦中突然被人抛上闹市，在狰狞如黑云的现代楼群和街道的重压之下，是天心那双骇然惊恐的眼睛。那双眼睛刚才在梦中一定看见了一个美丽无比的童话，不然她怎么会被这个喧嚣的现代都市吓成这样？和天心在研讨会上只有几次短短的谈话。尽管只有几次，尽管只是短短的交谈，我却直觉到天心在内心深处是一个和现代都市格格不入的人。在没有了古典，没有了神圣，没有了昨天和历史的今天，人与现代都市的遭遇，就是人类今天的故事，就是人类永无排解的劫难。

台北想必已是鲜花灿然的时候了，可这里还是高原的冬天。吕梁还在，黄河也还在。我真希望经泰能再来。还挂着他那些七上八下的机器，还是他那一身满不在乎的装束，还穿他那双歪歪扭扭的皮鞋。

经泰，我等你。

1994 年 3 月 10 日于太原新居

## 四、骄傲与尴尬

怎么也忘不了拜访“云门舞集”的那个下午。怎么也忘不了云门的舞者们给我的启迪和震撼。在台北的六天如果只有那一个下午，就已经不虚此行，心满意足了——尽管我是为了研讨小说而来的。就像和大自然的沟通是需要机缘一样，心灵的照亮，也只在毫发与刹那之间。人生好比一辆在暗夜中疾行的列车，心灵的窗户通常总是漆黑的，不知在何时，也不知在何地，刹那间，有一束亮光透过窗户打进来，骤然照亮了零乱的车厢，你才明白了自己的位置，你才看清了车厢的格局，你原本晦暗茫然的心才顿时有了生机。

看了云门的舞蹈之后，那一晚的凌晨三点，我从睡梦中醒来怎么也睡不着了，心里想着的还是那些精灵般的白衣舞者，索性坐起来，在灯下再一次打开那份影印的“节目解说”。也许正是因为在排练场而不是在剧场看的那些舞蹈，也许正是因为没有绚丽的灯光、五彩的服装和舞台布景来遮蔽，与云门舞集的相遇才直指心间。坐在排练厅的小看台上，看着那些身穿白衣的舞者忽来忽往，看着一出出的舞蹈在眼前退下或升起，我情不自禁地朝身边的焦桐借过笔来，在节目单上匆匆记下骤然涌上心头的感受：

《稻香》——是谁在吸引？

《缄默之岛》——隔绝的灵魂，抛扔的肢体。

《水镜》——恐惧的孩子。

《春之祭》——一个关于现代人类的寓言。

我一点也不懂得什么叫现代舞，这天下午是我第一次和现代舞相遇，而第一次就碰上了云门舞集。我对舞蹈的历史和理论一窍不通，我只是强烈而分明地感觉到，眼前的这些舞蹈者冷静地抛弃了古典和传统，抛弃了自哀自怜或是自美自诩的浪漫，抛弃了所有和传统的“优美”“自由”相关的舞姿，甚至抛弃了舞者与观者的界线；在彻底地颠覆了传统的舞蹈话语之后，一股冷彻、孤独、迷惘，而又意无反顾的瀑布，从深秋冰冷的绝壁上纵身而下，蓝天高崖和漫山遍野古老的红叶，都挽留不住那奋不顾身的一跳；由此，那条当空的白练，却获得了无遮无拦的喷涌，和刹那却也永恒的轰鸣。

真正的舞蹈是属于心灵的。

真正的心灵是独属于自己的。

在这儿对现代舞做注解是愚蠢的。我这个舞蹈的门外汉，此时此刻坐在云门舞集排练厅的看台上，突然觉得看见了渴望已久的最理想的小说形式，突然觉得有种被重物击中的震动，突然觉得冰冷的泉水袭顶而下直灌心头，突然觉得有一束耀眼的强光猛然扫过了心灵的窗口。

我深深地感谢与云门舞集的相遇。我深深地庆幸能有一个这样的下午。

虽然同是艺术的追求者，此时此刻，却不由得深感为文者被语言囚禁的苦衷。舞蹈，音乐，美术，雕塑，书法，所有这些斥诸直观的艺术都天然地具有自由的禀赋，都天然地具有直指心灵的能力，在他们那里呈现就是一切；尽管不断会有观念的尘土来遮蔽这鲜活的呈现，可他们总是能一次次地破土而出；纵观这一个世纪以来所有直观艺术的剧烈演变，到头来无一不是呈现者的胜利。而写小说的为文者所仰仗的语言，却是和人类一起从森林里走出来的，根本就是人本身的一部分。许多个世纪以来，为文者的作家们一直在为这些自己念出来自己写出来的古老的声音伤脑筋，至今，他们无法从自己身上分离那个叫作“语言”的肢体。高山耸立，自有伟岸磅礴之美，但是，它却只能一动不动地深深扎根于大地。它也只能眼睁睁地看着万里清流，从自己身边环绕而去，直奔大海；它也只能眼睁睁地看着彩霞满天，听凭它们随风飘荡，纵游八极。

表演结束之后，我们走出舞厅站在狭窄的门前山路上，傍晚时分暮色苍苍，远处，在一派苍茫之中横陈着从容不迫的淡江。云门舞集的创始者林怀民先生送大家出来，一面又把放着纪念品的提袋分送各位。在那个提袋里有一本印刷精美的画册，画册里有许多演出的精彩剧照，和许多万头攒动的感人场面，历数云门舞集自 1973 年创办以来的种种艰辛，和终于取得社会与国际高度赞扬的“奇迹”。那是一个从一间二十五平方米的旧房子里产生出来的现代奇迹。如今云门舞集作为国际一流的现代舞蹈团所得到的赞扬，是一间二十五平方米的房子远远容纳不了的。

云门舞集是台湾的骄傲。云门舞集也是所有中国人的骄傲。因为舞集的创始者在为自己命名的时候，想起了一个古老的中国故事，他们把《吕氏春秋》里的一句话印在画册的卷首，“黄帝时，大容作云门，大卷……”。然后，他们表白说：“根据古籍，‘云门’是中国最古老的舞蹈，相传存在于五千年前的黄帝时代，舞容舞步均已失传，只留下这个美丽的舞名。”——这是一群思接千载的舞蹈家，这是一群古老中国的现代讲述者。读着这样的故事，不由人不怦然心动。可是，就在这个本来记录骄傲的画册里，却有一份云门舞集详细的“资产负债表”，看着那个七百多万元的负债总额，不由叫人倒吸冷气。1988年，云门舞集曾经迫于债务压力而宣布停办，而且一停就是三年。艺术的骄傲在金钱的台阶上一落千丈，变为现实的尴尬。这个金钱漂浮的世界难道真的竟会成了人类最后的立足之地吗？在精神与物欲、人与动物之间，难道真的不再有什么了不得的界线？如果有一天真的没有了心灵的骄傲和需要，住在空调房间里看电视、吃方便食品的人，和也是住在空调房间里在传送带上啄食催生饲料的鸡，可还有什么太大的不同？

然而，云门舞集毕竟是复活了。尽管随着这复活而来的，是一个长达五页的对于捐款者的致谢名单。云门的这个躬鞠得好长啊。这一群白衣赤子为了艺术的存活而鞠的这个躬令人何其心痛！眼前忽然就出现了一群衣衫褴褛的托钵僧，他们满面慈祥，满心坚定，弥胸的信仰让他们超然如仙，当他们朝你伸出那个乞讨的钵盂的时候，你在他们脸上看到的不是可怜，而是岸然的尊严。天下所有酒肉满腹的“幸福”的人，都会在那张尊严的脸上顿时照见自己的渺小和丑陋。物欲与心灵、骄傲与尴尬在那一刻，不容分辨地被独属于人才有的信仰做出黑白分明的划分。

仿佛只是一眨眼的工夫，我们在文明的历史上，刚刚看过了宗教在施舍的花盆里盛开和枯萎，转眼就轮到了艺术瑟缩在捐赠的温室之中。当宗教的钵盂伸出来的时候，里面还盛满了天堂和极乐世界的许诺。艺术家伸出来的两手之中，一手握了不息的心灵，一手握了刻骨的情感，除此而外别无所有。他们一无万能的金钱可以交换，二无神圣的天堂可以凭恃，他们之所以还要一意孤行九死不悔，那是因为他们渴望心灵和情感，那是因为他们宁愿点燃了绝望来照亮这独属于人的心灵和情感。可以没有观众，可以没有掌声，可以没有成功的太阳，可以没有抚慰的月亮，但是，不能没有这燃烧，也不能没有这照亮。

为此，我们应当坚守这独属于人的骄傲。

为此，我们应当敢于直面这煎熬着人的尴尬。

为此，我们应当向云门的舞者们深深地鞠躬。

1994 年 3 月 7 日傍晚顿笔于新居

# 永失“故居”
## ——托尔斯泰的另一种启示

曾经因为各种机会拜访过几位作家的故居，有中国的，也有外国的。有名气极大的，也有名气稍小的。我总觉得那些大同小异的陈列显得局促、做作，而又离题甚远。当一条澎湃的大河滚滚而去之后，那个留下来的干涸的河床，不管怎样精心布置都让人觉得了无生气。

1989年6月8日，我随中国青年作家赴苏访问团到北京集中，旋即飞往莫斯科，当然又免不了参观故居，托尔斯泰的故居当然又在必看之中。但这一次却是在决然不同的情怀中与托翁悲凉地相遇。

讲解员小姐起劲地解释着，并时不时地提出些俏皮的小问题，让我们猜猜托尔斯泰的孩子们吃谁的奶，又指着一张简陋的硬床问我们这到底是仆人睡的还是托尔斯泰睡的。其实对托尔斯泰稍有了解的人，都用不着回答这类非常旅游化的问题。那个穿了一身农民的粗衣服，一定要步行或骑自行车往返于莫斯科和亚斯纳亚·波利亚纳之间的人，是不会让孩子们吃牛奶，也不会贪图软床的。从那些与托尔斯泰无关的精心和俏皮当中走出来，又在房子后面一片幽静的树林里徜徉留步，脑子里却一直纠缠着一幅怎么也摆脱不掉的图景——1910 年 11 月 10 日，已经是八十二岁老人的托尔斯泰，在风雪之中逃离了他眷恋一生，也居住了一生的亚斯纳亚·波利亚纳，他终于逃离了温暖的故居，逃离了安详的土地，在一个寒冷黑暗的冬夜客死于阿斯塔波沃，那是一个用钢铁和蒸汽机车组合起来的喧闹的火车站，那是一个充满了现代性的公共场合。

在亚斯纳亚·波利亚纳的故居，托尔斯泰度过了一生绝大部分时间。他在这儿结婚。在这儿生儿育女。他曾在这儿起草方案解放农奴，却又因为农民的拒不接受而失败。他曾在这儿为农民举办过二十多所学校，希望能够教育农民。他因为厌恶农奴制，而厌恶自己的贵族阶层，厌恶自己原有的生活习惯和感情。于是，身体力行地决心把自己变成一个像样的农民。他持斋吃素，草履布衣，做农活，缝靴子。他甚至抨击自己的《战争与和平》是“老爷式的游戏”。为此，他宣布放弃自己的版权。他进而放下文学的笔，直接拿起论战的笔，抨击沙皇和社会的不公。和我们这些当年到广阔天地去“磨一手老茧，炼一颗红心”，走向社会、批判一切的知识青年决然不同的是，托尔斯泰没有什么伟大领袖的号召可以响应。托尔斯泰毅然决然去做这一切的时候，心里充满了赎罪的悲悯，充满了晚霞当空般的明彻和宁静；托尔斯泰去做这一切，是因为他情不自禁地沉浸在内心的渴望之中。当然，最重要的是他在这个故居里创作了饮誉世界的《战争与和平》、《安娜·卡列妮娜》和《复活》这三部皇皇巨著。但是，有了这一切，做了这一切，实现了这一切的托尔斯泰，还是从他魂牵梦绕的故居出走了。仅仅用夫妻间的龃龉，是解释不了这个出走的。

那个八十二岁老人的出走，是一个象征，一个人类的象征。从托尔斯泰跨出亚斯纳亚·波利亚纳的第一步起，人类将永远告别古典和史诗。从托尔斯泰跨出亚斯纳亚·波利亚纳的第一步起，人类的精神和灵魂就从古典的“故居”中被永远地放逐了。古典和史诗与那个八十二岁的老人，在1910年11月10日一起从故居出走，并最终于1910年11月20日感染肺炎，在阿斯塔波沃火车站同时病逝了。遵照托尔斯泰的遗嘱，他们共同的坟墓上没有墓碑，也没有十字架，只有亚斯纳亚·波利亚纳的森林与他们在晨风暮雨中朝夕相伴。20世纪的现代科技和革命的血雨腥风，终于剥夺了人类最后一个故居。在经历了阿斯塔波沃火车站那个寒冷的冬夜之后，人再也没有“万物之灵”的自大可以依凭，再也没有崇高的台座可以站上去永恒，人类只能从那个喧嚣的火车站开始自己尴尬、孤独的现代旅途。在那之后，人们还要经历两次世界大战，才终于猛醒眼前的这一片废墟，曾经是自己那个古老温暖的故居，才终于猛醒那古老和温暖竟是一场梦幻，竟是如此不堪于历史的风风雨雨。在经历了阿斯塔波沃火车站那个寒冷的冬夜之后，一切板着面孔再来“史诗”、再来“崇高”的人，只能让人想到令人难堪的精神撒娇，只能令人发笑。是苦笑。

作为一座雄伟的高山，那个悲悯满怀的八十二岁的老人，给我们留下了最后的古典和最后的史诗，也更给我们留下了从古典和史诗之中无奈而又凄凉的出走。

呜呼，历史不再！

哀哉，故居永失！

不管你愿意还是不愿意，不管你有勇气还是没有勇气，你都必须接受，只好接受，也只能接受这个唯一的处境。

无论西方人，还是东方人，都该记住那个日子，记住那个寒冷的冬夜，记住那个地点——1910 年 11 月 10 日，阿斯塔波沃火车站，那是我们这个星球上现代人的出生日和出生地。

1994 年 6 月 19 日于新居

## 无奈的旅游者

有一次，坐火车，坐飞机，坐汽车，来到密西西比河下游的耐彻斯城，这座城市曾经是美国南方的骄傲，当年有一位庄园主在这里，靠经营种植棉花而成为全美国最富有的人。我裹在来来往往的旅游者中间听人们告诉我，这座房子是一百年前的，那座房子是两百年前的。在南北战争之前它是怎样的，现在又是怎样的。戴了假发，穿着带鲸鱼骨架长裙的导游员和辚辚的马车，在欢天喜地的旅游者的眼睛里展示着南方遥远的过去。于是，我想起来许多年前，我也是坐火车，坐飞机，然后又坐汽车，来到自己的家乡。在长江上游的那座城市里，也有许多讲解牌、说明书，也有许多导游员。在那些讲解牌和说明书里有不少地方和我的家族有关。如今它们也不过是作为旅游的谈资，或残缺，或完整地保留在那里供旅游者观赏。

在这个日益商品化的世界上，旅游是一件最大的买卖，它正在把整个地球和整个人类的历史当作商品推销出去。听说如今已经有人在预定航天飞机的座位了，到那时人们就可以在太空中，以最彻底的旅游眼光来打量叫作地球的那颗星星。可是只要一想到古往今来，人类无数目标明确的奋斗，和因这奋斗而来的无数的喜怒哀乐，都被淹没在时间的浊流之中，就不由得悲从中来。人类自己真的可以当一个旁观的旅游者吗？人类真的可以向自己推销自己吗？其实，在这条长得没有尽头的去旅游和被旅游的道路上，我们只是一群无法逃脱的无奈的旅游者。在看别人和被人看的往复循环中，留下了一个叫作历史的东西。可是，随着悠悠的岁月，那道历史的虚线越来越远，越来越模糊，越来越难以确认，越来越与活着的生命无关，仿佛一段枯石遍地干涸见底的河床。于是，我们又把刻骨铭心的悲哀和欢乐放到河床里去，掀起每一块枯石，妄想着在石头的尸体下边找到那条也许有过的大河。可是，没有。什么都没有。死亡比悲哀和欢乐更有力量。死亡终于在悲哀和欢乐中榨出水来，我们管这水叫作泪水。于是，河床里有了水。于是，我们听到遍地枯石的歌哭。于是，我们在这刹那间，也只能在这刹那间拥有了一条自己的河。因为只有刹那的存在，所以这条河不应该叫作历史，只能叫作诗。

因为有死亡等在时间的门口，我们知道一切终将变成历史，一切历史终将和我们无关。

因为有诗，我们知道自己活着。我们想知道自己怎样活着。

原载于《联合文学》1992 年 7 月号

1995 年 8 月 25 日午夜增补三百字

# 采风者的尴尬

十几年前，有几个朋友陪着两位音乐工作者到乡间采风。因为十分向往“原汁原味”，他们下狠心走了很远，一直走到黄河边上的河曲县。听这个名字就可以猜到那个地方有多么偏远。天下黄河九曲十八弯。滔滔黄河在黄土高原上沿着贺兰山、阴山起伏的地势，在宁夏、内蒙滚滚千里拐了一个大弯，而后，就是在河曲的老龙口进入晋陕峡谷的。宽广涣漫的河面骤然走进壁立千仞的峡谷，夕阳落照之中，看河涌大荒，听涛声亘古，你就能理解“浩荡”这个词。

地处三省交界的河曲，得天独厚，把陕北的信天游、蒙古草原的长调和晋西北的民腔俗曲融为一体，造就出山西民歌的一块发源地，凝练出一种叫作“二人抬”的民间戏曲。由此，河曲民歌与祁太秧歌、太行山歌成为山西民歌的三大源头。《走西口》的旋律数百年来在黄土高原传唱不绝。因此到河曲去采风，是许多音乐工作者的必修课。在一些民歌爱好者的心目中，那更是一种追根溯源的朝圣。

我的那些朋友带着录音机，找了一部汽车，又找了县文化馆的人做向导，风尘仆仆直奔“原汁原味”而去。这一天来到一个河边小村，找来了据说是村里最好的“唱家”。窑洞里挤满了看红火的人。其中一位年轻的姑娘被推举出来。采风的朋友们打开录音机请她唱。姑娘说，唱个甚哩？大家说，就唱你最喜欢的，唱得最好的。姑娘开口就唱：

> 长长的站台，欧——漫长的等待，
> 长长的列车载出我短暂的爱……

朋友们就喊起来，不对不对，不是叫你唱这个！这种东西我们听了无数遍了，不是让你唱这个！

那时候，刘鸿正在大陆走红，大街小巷的电视机、收音机、录音机里，到处都是他的《站台》，想逃都逃不开。听见大家阻拦，姑娘的手指头绕了一截头巾角，很不高兴也很不理解地噘起嘴来，要唱，就唱这个，我就是爱唱这个，我就是这个唱得好……看红火的人也帮腔，就叫她唱吧，唱得可美哩！

看看实在拗不过，采风的人只好妥协了。他们十分沮丧地关了录音机说，行，那就唱吧。

于是“漫长的等待”就又在土窑洞里“欧，欧，呜呜”地响起来。那姑娘涨红了脸，唱得认真仔细，模仿得惟妙惟肖。尽量让自己的声音靠近刘鸿的男声，让人觉得她比刘鸿还刘鸿。

事情过了很多天，朋友们说起当时的场面来还是哭笑不得，感慨万千，哎呀，真是不得了，真是不得了！

让采风者们尴尬不已、感慨万千的这次遭遇，也让我久久地不能忘怀。在我们这颗被现代文明覆盖的地球上，真的是早已没有任何一寸“古老”的土地了。在黄河边上，在那样的民歌之乡，即便是地老天荒，也无法逃脱流行歌曲的流行。我曾经在吕梁山上做过六年农民。以我肤浅的体验，民歌大都是劳动者对自己生活的传唱，唱的大都是他们最平常的日子。那些最好也最感人的民歌，往往是从最琐碎、最普通的细微处流淌出来的。在黄土高原世世代代的生死煎熬中压榨出来的民歌，是为了安慰生命而叹息，不是为了取悦耳朵而哗众的。我曾听到过这样的感叹：

樱桃那个好吃树难栽，
有了那心思，
哥哥呀，
你慢慢来。
烟锅锅点灯半炕炕明，
酒盅盅量米，
哥哥呀，
不嫌你穷……

可是，时过境迁，生活早已不复是原来的生活。山上的樱桃树被砍了烧柴。用酒盅盅量米吃的穷哥哥，也早已经随着民工潮四处漂泊去打工。广播、电视、录音机，公路、铁路、露天煤矿、拦河大坝，一样一样日新月异地来到黄土高原上。原来蛮荒的大地如今早已是换了人间。更何况，随着旅游业的开发，非洲的部落，美洲的印第安人居留地，太平洋岛国的原住民，等等等等，一切真正有过的和被虚构出来的地方特色，都正在作为“旅游产品”被开发出来，花花绿绿的到处推销。真所谓“任是深山更深处，也应无计避旅游”。天下虽大，可哪里还有什么“原汁原味”的存身之地！换了人间，可却也因此而永远失去了一种曾经久远的声音。

辞典里解释说：古代称民歌为“风”，因称搜集民间歌谣为“采风”。《汉书·艺文志》里说：“故古有采诗之官，王者所以观风俗，知得失，自考正也。”两千五百年前，孔子就曾经采风，他为自己编纂的《诗经》下评语说：“诗三百，一言以蔽之，曰，思无邪。”《诗经》里的那些“风”都是民歌。在孔子“一言以蔽之”的取舍下，我们已无法考证两千五百年前到底丢弃了多少“原汁原味”。因此，我不由得问自己：如今的采风者们到底要采些什么呢？真的有那个预定好了的“原汁原味”吗？或者说那个先入为主的“追根溯源”，追寻的到底又是什么呢？到底是我们沉于虚妄而不可自拔，还是时过境迁本来就没有永久可言？如今的采风者们虽然已经用不着为“王者所以观风俗”，可他们对“原汁原味”却有近乎理想化的强制性要求。

一个“文明的”城里人，坐了汽车，拿着录音机到穷乡僻壤去寻找“古朴”，去寻找“原汁原味”，这件事情本身就不平等，就有一点奢侈，就有一种居高临下的味道。尽管舒服的都市人满嘴说的唱的都是“孤独”和“失望”。可那个固执的农村姑娘还是不愿放弃自己的选择，她坚决不愿放弃的不止是“长长的站台”，她不愿放弃的是对都市生活美好的向往。这正像浅薄浮躁的都市人向往“古朴”“原始”的原汁原味。向往不同，价值错位，于是，就有了那样的误会和尴尬，就有了无法回避的两难处境。这真实的处境与任何的理论都无关。

可我还是不甘心。难道黄土高原上的那些歌哭，真的就应该自生自灭、随风飘逝吗？那些被忽视被无视的生命，难道真的就应该永远被忽视被无视吗？底层的生命体验难道真的不可以成为都市人的精神资源吗？被“现代文明”覆盖和抹杀的，真的都是“合理的”“进步的”吗？在这个被“流行”一言以蔽之的现代世界上，难道真的只剩下了浅薄、苍白、到处复制的“流行”吗？

在这个日益现代化的世界上，文明舒服的都市人都是相似的，正在灭绝的原汁原味却各有各的不同。人们正一天天地无“风”可采。

2001 年 3 月 18 日写于太原

# 出入山河

十三年前的春天。1985 年 5 月 10 日下午四点，我和蒋韵背着行囊，穿过黄羊沟村口那几十棵刚刚抽叶的杨树，踏上了我们“走西口”继续北上的路程。透彻的阳光下，满目灰黄中的这一点嫩绿，绿得叫人揪心。很快，我们就又走进了坦荡辽阔的灰黄。极远极远的南边是灰腾梁蓝黑色的身影，剩下的就是天地相接的沉沉一线。在这种辽阔的空间里，二十天的时间，就像是一片嫩绿的杨树叶在阳光下的一闪。

走到张家老坟跟前，我们坐下来拍一张合影。把那架老式的海鸥 120 黑白照相机在背包上放稳，扳下自拍键，然后走过去对着镜头坐在一起，随着咔嚓一响，照相机把蓝天白云，把像大海一样起伏的原野，把辽远的地平线，把那五座碎石零落的老坟，把黄羊沟最早的拓荒者，把两个满面倦容的寻访者，一起留在了胶片上。现在，隔着十三年的时间，打开相册的时候，那样一种说不出的迷茫和怅然，那样一种说不出的感动和恩情，那样一种对历史和时间深邃无比又无微不至的卷入，还是无法填满照片上那个辽阔的空间。杨大富、杨二富老人告诉我们说，这块地方是老张家门里爷爷的爷爷那一辈人在“放地”时期来开垦的。他们先向商号借钱买地，拉线为界，挖地坑用蒿秆盖棚搭茅庵，自己打井，然后开荒种地。老张家爷爷的爷爷叫张泰。可这个拓荒史已经和杨氏兄弟无关了，他们是抗日战争时期流落到这里来的。说起自己的辛酸史两位老人热泪纵横。这一路上我们不知经历了多少次这种热泪纵横的场面，而且我们知道，这些属于每一个人的历史，这些所有的热泪纵横，总有一天都会埋进黄土，永远不会再被提起，也永远不会有谁再记得。就像眼前这五个孤零零的土堆。

照片背景上的那片辽阔的原野，被坟墓里的拓荒者们命名为后大滩，和它相邻的还有大岗滩、后沟、西沟……被开垦的土地有了名字，可垦荒者的坟墓却是无碑无字，浅浅的五堆黄土，坟脚围了五圈零散的碎石头，这些石头显然是耕作的时候从土里捡出来的。这些为土地而来也为土地而死的人，如今终于和土地没有什么区分了，终于也变成后大滩的一部分。这地方远离大山，取石刻碑显然是一件难事，显然是一件财力所不能承担的事情。于是，这些一块一块捡出来的碎石头，就成了唯一的可能和纪念，就成了历史和岁月留下的另一种文字。这个内蒙古原野上划归于察哈尔右翼中旗的村子，没有任何特殊，没有任何神秘，没有任何不平凡的经历。它不过是许许多多由牧而农的土地中的一块土地，它不过是在许多次游牧和农耕的反复争夺、反复交替中，最后定居下来的村落，连它的名字也还是充满了草原的味道——黄羊沟。现在，我们站起来，收拾好东西背上背包，要从这些拓荒者的坟墓边继续向前走，向北，去四子王旗。当年——在我们之前的许多许多年里，曾经有许多许多人，在这条被称作“走口外”的路上反反复复，来去不定；或随着马队呼啸南下，或背着行囊结伴北上。被称作表里河山的地理障碍，被当作万里险关的长城，最终都没有能阻挡住这种或者汹涌或者无声的人的流动。

过了两千多年之后，我们才看明白，作为纯粹的军事建筑，作为边防的万里长城，中间很长的一段竟与那条著名的“十五英寸等雨线”相吻合。赵武灵王雄才大略的“胡服骑射”，历史上无数次的边关征战，晋北农民缠绵凄凉的“走西口”的歌声，杨大富、杨二富兄弟的老泪纵横，竟然都是在冥冥之中被这条“等雨线”所逼迫，所限定；竟然都是为一条“等雨线”做了注脚。

当地理作为自然的限定，在漫长的岁月里限制了人类的行为和历史的走向时，地理本身却也反过来不断被人所打破，不断被人所改写，不断被人重新命名。就像黄羊沟后来又有了大岗滩，就像后大滩上又留下这五座碎石零乱的张家老坟。

二十天前，当我和蒋韵决定要“走西口”的时候，是想象多于事实，浪漫多于真情，猎奇多于朴素。背起背包从朔县县城走出来，一路向北，安太堡，井坪，担子山，西水界，半坡东，大盘，平鲁城，周家花板，牛家堡，苍头河，右玉，杀虎口；然后坐汽车到呼和浩特，到集宁，到察右中旗，到黄羊城；然后再步行到广昌隆乡，再走到黄羊沟。一路上寻访，记录，照相，录音。走到黄羊沟的时候，想象和浪漫已经全无踪影，心里早已被黄土地上的真实压出了许多难言的愧疚和怅然。我们深深地为自己的“文学想象”而惭愧，而无地自容。我们甚至怀疑自己是否有权力这样莽撞，这样无理地闯进别人的眼泪和墓地里来。

这一次长城内外跨越千里的寻访，是一次对黄土地一步一步的“丈量”，丈量之后，反倒叫人感到历史这个词的含糊和难以确定。无论是“胡服骑射”的官方记录，还是浪漫凄凉“走西口”的民间传说，都有着太多的历史遗漏。黄羊沟附近的地名留下了另外的记录：广益隆，广昌隆，广益恒，义兴泉……这都是商号的名字。这里的村子过去还有一种叫法：地庄子。所谓地庄子就是指的商号的地产。有了商业的推进，有了商号的财力，有了商人的地庄子，才有了对于农耕技术和农业劳动力的需要，才有了连年不断的走西口的人流；进而才有了民俗民风，文化艺术的演变和混杂。在走西口的浪漫歌唱的背后，是晋地商人顽强不舍的对于土地和利润的进取。当然，这一切之成为可能，还因为清太宗皇太极在征服中原以前已经先征服了蒙古；更因为清世祖爱新觉罗·福临扫平“天下”称帝中国，把所有原来的边关险地，转眼间变成了深广的内陆。在中国历来重农轻商的“正统历史”中，是不会记录任何关于商人的历史的。你不去追问，这些广昌隆、广益隆也就永远不会对你说话，永远不会成为“历史”。

我当然更知道，我们这两个“关里人”的眼睛，一路从关里看到关外，一直看到黄羊沟，我们都还没有看见一个真正的“关外人”，没有看见一个内蒙古草原上原来的历史主人。历史书上把他们叫作“游牧民族”。在走西口的历史里并没有对他们的记录。

离开黄羊沟的第二天，我们来到四子王旗旗府：乌兰花。满街都能闻到羊肉的膻味儿，到处都能听到扩音器里马头琴呜呜咽咽的吟唱。我们住的宾馆当晚为自治区农科院来此“蹲点”举行宴会，宴会上乌兰牧骑的歌手且唱且舞，挨桌敬酒，欢声震天。可我知道扩音器里的马头琴，酒桌上的牧歌，都不是真正牧民的东西。我有一个姐姐曾经在内蒙古草原的最深处，在东乌珠穆沁旗一个叫白音宝力格的地方做过四年牧民。她曾经给我讲过许多关于蒙古族牧民的事情。如果不把他们在许多许多年里南下或是北上的经历写下来，我们所知道的还是一部残缺不全的历史。临行前的那个早晨，有一个走错了门的老人突然打开我们的房门，他问，你们是来收购驼毛的吗？他的汉语说得很勉强，有点像是在“唱”。我们说，不是。老人很礼貌地点点头。老人说，对不起。然后关上门退出去。这一闪而去的老人给我留下很深的印象：一张紫铜色的脸，一袭深蓝色的长袍，腰间一条杏黄的腰带。简短的对话中流露出那么纯粹的朴素和尊严。我们根本不可能知道他的任何事情。可我想，他肯定是一个真正的蒙古族牧民。

这个一闪而去的陌生的老人，再一次叫我看见了“历史”这两个字背后深长的阴影：

三十二年，……始皇巡北边，从上郡入。燕人卢生使入海还，以鬼神事，因奏录图书，曰，“亡秦者胡也”。始皇乃使将军蒙恬发兵三十万北击胡，略取河南地。三十三年，……西北斥逐匈奴，自榆中并河以东属之阴山，以为四十四县，城河上为塞。又使蒙恬渡河取高阙、阳山、北假中，筑亭障以逐戎人……明星出西方。(《史记·秦始皇本纪第六》)

明，世宗嘉靖中……俺答诸部喜与折箭而去，其精兵载铁浮屠，马具铠甲，刀矢铦利，望之若冰雪。经朔州，破雁门，掠太原而南，列营汾水东西，驻平遥、介休间。掠潞安、平阳。凡掠十卫三十八州县，杀人二十余万，畜二百余万。焚公私庐舍八万区，蹂躏田禾数十万顷。辎重迤逦，整旅而归……(《朔州志》卷之八《武备兵氛》)

这都是我在这次走西口的路上寻访到的历史。可在这些以方块字记录的历史中，不知道会有多少遗漏、歪曲、误会、省略、故意的放大，以及故意的缩小，不知道把多少广昌隆，杨大富、杨二富，和这个紫铜脸膛的老牧民排除在历史之外了。

坐上南返的汽车，告别乌兰花。远远看见了阴山的支脉大青山，黑蓝赤裸的山体寸草不生，干裂的岩峰排空兀立，狰狞、苍凉而又绝望欲哭。翻过大青山是呼和浩特，再向南，经过外长城就是大同、朔州，经过内长城的阳方口，再向南，就是太原，就是我们出发的地方。阴山脚下，长城内外，真不知还有多少永远不对我们说话的历史。

1998 年 5 月 22 日下午写

24 日改定于太原

第二辑

# 留住真诚

# “队里有了新机器”

当年我插队的那个小村子只有十一户人家，离县城六十里山路，森林茂密野兽成群。知青们刚去的时候，村子里还没有小学，孩子们要走二里路到另外一个村子去上学。走这二里路要过两条河，到了夏天下暴雨的季节，孩子们常常被河水所困，要么挡在学校不能回家，要么站在河边不能上学。为此，乡亲们终于下了决心要请一位老师来。为了能把老师请来，生产队开会决定答应老师的条件，给他盖三间瓦房。新房盖好，老师迁进新居。可教室是旧的，是乾隆六十年重修的村庙，重修庙宇的碑记躺在地上，孩子们在石碑上跑来跑去。从此，邸家河村有了自己的小学校。鸡鸣犬吠炊烟袅袅之中又加进了孩子们朗朗的读书声。所有的孩子们朗读课文都是一样的，全都拖着长长的腔调，邸家河的孩子们用方言念出来的课文，听着像是在唱歌。听的多了，也记住几句，其中有两句至今没忘，“队里有了新机器，哗啦哗啦抽水机，突突突突拖拉机……”。其实，那时候队里什么机器也没有。耕地靠黄牛，锄地靠锄头，收割靠镰刀，打场靠连枷，送粪靠扁担，播种用的耧还是西汉人赵过发明的，打场用的连枷是春秋战国的产物，每年春天开耕垄上的情形和汉代画像石上的牛耕图一模一样。那时候连做梦也想着“哗啦哗啦抽水机，突突突突拖拉机”，那时候觉得孩子们用土话“唱”出来的课文，比什么歌都好听。

二十多年转眼而过，至今难忘“牛耕图”。

当年背着粪筐箩追在牛屁股后边抓粪的时候，没想到有一天会当作家，没想到有一天会用“四通”文字处理机来写小说。现在才知道，当年梦想的抽水机、拖拉机都是属于“第二浪潮”的产物，当今世界已是“第三浪潮”，而“第三浪潮”是信息的世界，是以大众传播媒介和电子技术为代表的。中国人从结绳记事到金文、甲骨文，从用竹简到用纸，从用手抄到有了活字印刷，一直到现在有了一切先进的印刷技术，有了毛笔钢笔的转换，但人们手上的一支笔却似乎难以更改，以至对中国文人还有一个另外的称呼，叫作操笔墨生涯。写文章叫作笔耕。一辈子不停地写叫笔耕不辍。一个五千年的农耕社会，自然而然地愿意把人类的一切行为都纳入那幅永远的“牛耕图”。其实，那些以悠闲的笔墨歌唱“牛耕图”的人，大多不会去“汗滴禾下土”的。只有祖祖辈辈“汗滴禾下土”的人，才会渴望改变，才会真心地歌唱“哗啦哗啦抽水机，突突突突拖拉机”。我“笔耕”的时间已将近二十年，写作是愉快的，可这愉快常常要被手腕的酸痛和指尖的麻木所打断。于是，便又时常想起村童们朗朗的歌唱。于是，就又常常盼望着什么时候能“有了新机器”，来改变一下几千年的笔耕方式。

很快，一位事事新潮的好朋友抱来一台电子打字机，颇为内行地告诉我：“写小说还是四通的最好用。文字处理功能最强。不信你试试。”我有点忐忑地打量着这架新机器，就好像一个老农民打量着一台拖拉机，心想，这东西能种出庄稼来？这东西能像写字一样心手如一吗？朋友笑起来：“什么也是习惯。现在在中国过日子，以后要是出了国呢，就不活啦？”

于是，我渐渐地在这台新机器前边坐下来，渐渐地熟悉了这支新笔。打开机器它会跟你说话：欢迎使用四通文字处理机。关闭机器它会问你：存盘吗？人机对话之间，让你感觉到，在现代科技的时代中，虽然常常有人被机器限制被机器工具化的一面，但是也有人赋予机器以人性人情的一面。

几年前我曾回到邸家河，村子里已经有了电，也有了电视。每天晚上放下饭碗，年轻人和孩子们的第一件事情，就是赶紧挤到电视跟前，眼睁睁地一看到底。电视上那个外面的世界，电视上那些外面的人们，对他们有无限的吸引力。看了电视，他们常常会感慨：

“嗨呀，看看人有多日能，啥机器也能做出来。弄个机器又会说又会唱，嗨呀！”村子里的小学已经盖了新校舍，老师换了，课本也换了。可是孩子们朗朗的读书声，还是拖得长长的，还是像唱歌一样又响亮，又好听。

1992年6月28日用新笔于桌前

# 范素云

我们蒲县刁口公社的知青里有一个女同学，叫范素云。

本来刁口公社没有接收北京知青的任务，刁口有严重的地方病——大骨节病。后来公社主任跑到县里强烈要求，就把我们这些人给“要求”去了。一共三个学校，二十八个人。三个学校是南菜园中学、双桥中学、杨闸中学。二十八个人里一半男生，一半女生。这种“配置”大概是考虑到“扎根农村一辈子”，既然一辈子就不能不结婚，既然结婚就得一个男生“配”一个女生。用老乡的话说“省得往后闹饥荒”。那时候都是十八九岁，觉得这么做挺有意思挺可笑。二十八个人都分到南耀大队，十六个在南耀，十二个在邸家河，这两个村子没有大骨节病。范素云是双桥中学的，分在南耀。我不是双桥中学的，但我以前见过范素云，她和我哥哥一个学校。

南耀离我们村二里路，有个代销点，我们村的同学常常去南耀买点日用品，去了就找同学串门闲聊，赶上饭时就吃饭。范素云和一个叫刘芬芳的女同学住同屋，我在她们那吃过几次饭。两个村子只隔二里，南耀的同学也常常到邸家河来坐坐，赶上饭时也吃饭，大家不分彼此。

范素云高个，胖胖的，窄窄的一双眼，长得粗手大脚并不好看。我印象里她总爱穿一身洗得有点发白的蓝制服，天热穿那种扣襻的方口黑布鞋，天冷穿黑灯芯绒的兀眼棉鞋，只要出门肩上总挎一个黄帆布书包，这种书包那时候是知青的标志。范素云从来不打扮，连辫绳也少见她用鲜亮点的，永远是两根牛皮筋。唯一和别的同学不一样的地方，是她胸前总戴着一枚团徽，让人一望而知她是个学生，而且很看重在学校时的生活。那枚永远戴着的团徽是一种证明，也是一种记忆。后来我才知道，这中间还有另外的苦衷。

范素云是属于那种朴素、正派，活得比较认真的人。她说话爱用一句口头语，“我觉得吧……”。平常聊天听她说话，开会听她发言，每次都要把“我觉得吧”用上十几二十次。你说话当然是“你觉得”，听多了就听出来，在那句口头禅里既有一种对自己的认真的强调，又有一种对自己不自信的脆弱的流露。慢慢地，我才从别的同学那听说范素云出身不好，她爷爷是富农。我知道范素云的父亲在铁路上工作，是个干部。怎么她的出身不随父亲随了爷爷呢？同学们说，她家土改的时候定的这个成分，所以后来全家人都是富农出身。知道这件事以后我才越来越明显地看出来，范素云眉宇之间常常带了一点难言的伤感，才慢慢地发觉到她在结束自己的讲话时，还有一句另外的口头禅，“就那么回事吧”。有的时候是自己的话说完了才用它结束，有的时候是听别人讲话时用它插进来评论一句，有的时候没有前言也没有后语，抽冷就冒一句“就那么回事吧”。

有点那种青春少女看红尘而不破的冷傲和无奈。

插队的第一年我的母亲去世了，隔一年我的父亲也去世了，他们都是死于冤案的迫害。那时候在我们那二十几个人里，我的处境最惨。有一次，范素云安慰我："李锐，有些事你别太往心里去，想开点。"那时候，全中国像我这种处境的人有不少，大家能说出来的安慰话也只有这么一句，"想开点，别太往心里去"。不想开又能怎么样？

插队的第三年同学们终于盼来了第一线希望的曙光，终于开始有第一批同学被分配工作了，终于有人可以逃出"扎根一辈子"的厄运了。蒲县第一批分配工作的同学，运气好一点的留在县城了，运气不好的都又分到下边各个公社，当供销社的售货员。范素云当了售货员，分到离县城几十里的山中公社。临分配之前她很犹豫过一阵，左右为难。当时许多同学都为她难过，因为这么一去，说不定就真的要在吕梁山扎根一辈子了。到最后范素云还是去了，和几个知心的女同学商量了一番之后，范素云说："我和你们不能比，我条件不好。"大家都知道她说的是她的出身。临走的那天晚上收拾好了行李箱子，范素云哭了。她一哭，眼皮就肿得又红又高。

范素云分到山中公社当了售货员以后，还回来过几次，还是穿的那身发白的蓝制服，还是穿的黑布面的方口扣襻鞋，只是胸前的那枚团徽再不见她戴了，空空落落的。

后来就听说她好像有了什么病，去县医院检查过一次，县医院那位大夫检查完了冷笑着说："这病不用查，你自己做下的事情自己最清楚。”范素云没想到当医生的说话会这么无情，她当时就哭了：“你凭什么这么说我？我做下什么了？……”县医院的大夫冷笑着不再理她。范素云就哭着找到一位女同学的宿舍里，在那儿整整哭了一天。女同学使劲安慰她：“素云别哭了，自己没做亏心事，他说也没用。这种事你别太往心里去，千万想开点。”后来范素云不哭了，可她还是难受，还是疼。再后来入冬的时候，我们在村里听说她去了太原，到省里的大医院看病去了。没过多久传回一个吓人的消息：说范素云在省里医院检查了，医生确诊是腹腔里有一个瘤子。医生对范素云说，瘤子不大，进手术室两个小时就能出来。办了手续以后，范素云进了手术室，没用两小时就出来了，可人出来瘤子并没有出来。医生打开腹腔一看，吓坏了，他还没见过这么大的瘤子，慌忙缝合了伤口，让范素云躺在担架上吊着输血输液的瓶子，连夜赶火车送到北京去。现在怎么样了，人是死是活还说不清。听了这消息，同学们、老乡们都捏了一把汗。婆姨们到了地里就叹惜：“不疑思好好一个女子，咋就得下这病。”

那年冬天同学们都回北京了，只有我一个没走，我在我那间没生火的冻屋子里，发着疯地要弄出一篇小说来。不生火不是不怕冷，是没钱，买不起焦炭。后来又传来一个消息，说范素云死了。我一个人留在村子里没处核实消息，就在我那间滴水成冰的屋子里给同学写了一封信，问他们是真是假。同学们回信说是假的，范素云没死，还躺在医院里。他们还把我的信给她看过，范素云看了还笑。现在范素云住在北蜂窝铁路总医院，情况还是不太好，医生正等着她现在的伤口长好了，再做第二次的手术。去北京过冬天的同学回来以后，我才听他们告诉我，范素云从太原被运回北京的时候，他爸爸和那位开错了刀的大夫，到处求情到处碰壁，结果所有的医院看了这个情况都不收。最后没有办法，他们只好又回到第一次碰了壁的铁路总院去，医生连急诊室都不让进，担架就那么放在走廊里，范素云躺在担架上放声大哭：

“我是响应毛主席号召上山下乡，才离开北京，才走的……现在我有病了你们就不管我了……你们不是医生吗，你们不是救死扶伤吗……”

哭得满楼道的病人、医生、护士都看她，都说：

“这姑娘是怎么了？”

范素云的爸爸也哭，也对医生说：“大夫，求求您啦，救救命吧。”

到底把医生哭软了。到底把人道主义哭活了。医院答应先收下观察一下。

从那时候起，同学们见面总要谈几句范素云，打听打听她的病情。范素云在病床上写的回信，大家都传着看看。后来有了好消息，说是请了北京一位有名的专家来主刀动手术。后来又说手术之后情况不大好，还得住院。到最后，噩耗终于来了，范素云死了。但不是死在原来的医院，由于长期不能恢复，身体衰竭，又在输血的时候感染了肝炎，又被转到另一家传染病院，最后她是因为肝硬化而死的。死的时候人熬得脱了形，又干又瘦。范素云久病不起，这个结局大家本也有些预想，只是没想到会这么快，没想到会是死在别的病上。

如果我没有记错，那是1972年。范素云二十一岁。

范素云死后，有的同学去她家里看望，范素云的父亲就给大家让座，倒茶。然后，又向范素云的弟弟妹妹介绍说："这都是你姐姐的同学。"然后，就哭了，就说："我总算给孩子尽了心了……"屋子里的人就都哭。

后来，同学们就不敢再去了。他们告诉我，那场病把范素云的家里闹得一贫如洗。

本来一个活生生和大家在一起的同学，转眼成了死者。大家很伤感地议论着范素云。

渐渐地，又有人分配工作离开了村子，同学们星散四方。渐渐地，再没有人提起范素云这个名字了。

有一次，我的一个朋友告诉我，他有一天为一些别的事情，转到吕梁山的一个村子里，有老乡和村干部陪着他到处看看，正走着，老乡们指着两座长满了荒草的旧坟说：

"这是两个知青。"

他一问才知道，当年这个村子也曾住过一群北京来的知青。后来，一个一个地都分配，都走了。只留下两个人，一男，一女。两个同学感情不错，就在一起做饭吃饭。不幸有一次把装"1059"剧毒农药的空瓶子误装了麻油，他们用麻油炒了菜吃下去，两个人立时暴死。因为没有任何亲人在身边，老乡们只好把他们埋在村边了。又因为他们还没有结婚，就只好这样一左一右地并排埋了。

这个朋友说了这件事之后许多天，我心里一直平静不下来，一直翻腾着那句话："这是两个知青。"至今提到它还是一阵热辣辣的翻滚。我常常想，和他们比我们应当算是幸运的，我们还能在这写文章，写回忆，我们还可以活着品味自己的"往事如烟"。当年的知青如今都已过了不惑之年，早都再也不"青"了，我们不再是青春少年了，我们不该延长了自己的青春期，再躺在里面欣赏自己。其实仔细想想，我们生活的这个世界真不是让人撒娇的地方，真不是让人可以"青春"的地方。

每当想到范素云们，

每当想起那在衰草夕阳中并排而立的两座荒坟，

每当想起老乡口中那句无心道出的真言——"这是两个知青"，

顿觉心中苍老万年，一如荒寂无言的吕梁。

为山西知青回忆录《老插话当年》而作

1991 年 9 月 8 日中午草毕

原载于《山西文学》1991 年第 12 期

# 没有坐成飞机

躺在西南政法学院学生宿舍的双层床上怎么也睡不着，浑身乱痒。同学们也都说痒。可是黑着灯什么也看不见，再加上坐了十几个小时的火车都很累，大家说了一阵，抓了一阵也就睡了。我还是睡不着，左抓右挠，到最后已经不只是觉得身上痒，而是觉得五脏六腑都在痒，痒得我心烦意乱，实在受不了了。我只好坐起来，拉着了电灯。灯一亮，臭虫在墙壁上、枕头上四处乱爬。有人被惊醒了。睡在对面的管世洪就叫起来：

“嘿呀！你这是怎么啦你？脸怎么都肿起来啦？”

这么一叫，把同学们都叫醒了。大家睁开眼看见我就全都“嘿呀！”起来。我脱了衬衣，发现身上也肿了，红红的疙瘩一片连一片，分不出哪是被臭虫咬的疙瘩，哪是没有被臭虫咬过的。同学们都有点害怕了：

“你到底是得了什么病啦你？这可怎么办呀？”

管世洪说：“什么怎么办？走，上医院！”

“现在黑更半夜的，上哪儿找医院去呀？”

我心里也有点害怕。我也不知道自己到底得了什么病，怎么就会肿成这样。可我是领队。我们是学校第一批出来串联的红卫兵，由我当队长，带领一群十五六岁的同学。大家都慌了，我这当领队的不能慌。于是，我强作镇静说：

“没关系，就是有点痒。大伙都睡觉吧，等天亮了再说。”

管世洪从床上跳下来说：“快走吧，别等了！”

我说：“没事儿！睡觉吧。”

我又拉灭了灯，同学们很快就又打起了呼噜。我还是睡不着，一直抓到天蒙蒙亮。管世洪最先醒了。管世洪醒了就催我：

“走！上医院！”

又有两三个同学跟上一起去。路灯都还亮着，高高低低地散落在浓密肥厚的梧桐和柚子树的枝叶间。歌乐山黑黝黝地逼在眼前。有雾，脚底下湿漉漉的。学校食堂的灯已经亮了，有人在做早饭了。我们打听到学校医务室的方向，七上八下，远远地看见了门灯下边的红十字。去推门，门还插着。大家就又敲又喊。有位戴眼镜的男医生打开门问：

“谁病了？”

同学们七嘴八舌地向医生说情况。医生还是不紧不慢，医生说：

“你坐下。”

我就坐下，把大家七嘴八舌说过的话又重复了一遍。

医生开了处方，又拿了药。只有一个小纸袋，袋子里装了十几片白色的小药片。医生说：“一日三次，一次两片。”

管世洪就急了：“你这大夫怎么这样呀你？我们这个同学

病得这么厉害，你怎么不给他好好看看，你怎么这么不负责呀你？你怎么也不给他打打针什么的呀你？”

医生看看管世洪，医生还是不紧不慢。医生说：“我现在只能给他开这种药。我这里没有针剂。你们如果不放心，可以到城里的医院去看。”

管世洪叫起来：“你什么出身呀你？你怎么这么没有阶级感情呀你？出了人命你负责不负责？”

同学们也都跟着叫。

医生坐在桌子后边推推眼镜，医生说：“我这里没有别的办法。”

我的眼睛已经肿成了一条缝。我从这条缝里看着激动的管世洪和同学们，看着不紧不慢的医生。我有点不好意思。我说：“咱们走吧。别说了。”

出了医务室，管世洪说：“不行！得送你回北京！咱们找解放军去，让解放军派飞机送你回北京！六十一个阶级弟兄就是解放军派飞机救的！”

同学们都被这个想法鼓舞起来，都说：“对！找解放军去！坐飞机回北京！”

我也很激动，我说：“行！”

说实话，我当时对坐飞机的兴趣已经远远超过了所有其他的事情。已经是第一次离开父母出门旅行，第一次坐长途火车，第一次看见黄河、长江，第一次回老家，如果再能第一次尝尝坐飞机的滋味，简直太棒了！

于是，我们返回宿舍很快做出决定。串联的队伍分成两部分。一部分继续串联。我和管世洪还有另外两个同学回北京。大家已经想好了，在离政法学院不远的路边上有一个驻军单位，大门旁边有站岗的解放军，就到那去找他们。吃了早饭，兵分两路。我们几个人很快就找到那个有士兵站岗的大门了，告诉人家说要见他们的首长，有紧急的事情要说。站岗的士兵不让我们进去，只让我们在门口的接待室等。一会儿来了一个“首长”，一看就是个小“首长”，不是个大“首长”。我们就围上去说明了我们的“紧急事情”，最后当然说明了要求解放军派飞机营救重病的红卫兵。因为我是“重病的红卫兵”，而且病情是明摆在脸上的，所以我没有多说话，还是管世洪主说。管世洪嗓门大，性子急，和我是很要好的朋友。“首长”听了我们的“紧急情况”，和那个医生一样，也是不紧不慢的。听说我们要求派飞机，“首长”就笑了。“首长”说：

“这不行。我们没有这个权力。你们最好还是先到城里的医院看看再说。”

管世洪就又火了，又把早晨和医生嚷过的那几句又嚷了一遍。可是嚷也不管用，“首长”还是笑。“首长”说：

“不行，红卫兵‘小将’们，我们真的是没有这个权力。”

同学们都上去帮腔，可是任凭磨破了嘴皮，“首长”只有那两个字，“不行”。坐飞机的幻想很快就破灭了，一伙人垂头丧气地离开兵营，离开了“亲人解放军”。大家权衡了一下，既然飞机坐不成了，当然还是继续串联下去的好。何况我也觉得不那么难受了。于是我提议，还是回去参观渣滓洞集中营，还是去看看“中美合作所”。我们就又返回去找分开的同学们。在渣滓洞集中营参观的时候，我看见许多人都很惊诧地看着自己，我知道那是因为那张肿得十分可怕的脸，活像是一个刚刚受了酷刑的“革命志士”。

那天晚上回到西南政法学院，我们换了睡觉的地方，到一个大教室去睡地铺。明晃晃的电灯就在头顶上彻夜亮着。我趴在大地铺上，用许多革命口号和决心组成了自己此生第一首“诗”，而且真的也像毛主席说的那样“浮想联翩，夜不能寐”，听着夜风在漆黑如墨的歌乐山上卷起阵阵林涛。有那么多的人为了理想，把生命默默无闻地埋进漆黑如墨的死亡之中，许多人连姓名也没有留下，我很敬仰他们。又有那么多人竟然如此残酷无情地依靠屠杀来消灭理想，我很恨他们。听着窗外漆黑如墨的林涛漫天漫地卷过，我也是第一次对死亡产生了一种莫名的恐惧。

眨眼之间，二十八年过去了，我依然不能忘记那一晚的印象，依然敬仰为理想的献身者，依然仇恨对理想的屠杀者。只是，历史在忽然之间，把黑白做了颠倒。所以，我不敢相信被人称作历史的那种东西。也不敢相信“理想”。

1995 年 1 月 16 日于太原家中

# 记住历史，记住苦难
## ——从几本知青回忆录想到的（之一）

最近看了几本有关知青的回忆录，一本《草原启示录》，一本《北大荒风云录》，和一本写云南知青的《中国知青梦》。这三部书里，邓贤的《中国知青梦》最好，当然作者写得好，但云南知青们那种泣鬼惊神感天动地的抗争和遭遇，更让人感慨万千永世难忘。据我所知，关于山西知青的《山西老插话当年》，最近也要和读者见面了。这些书的连续出版，似乎推起了一个不那么热的知青话题热。夹杂在无数电视连续剧、无数流行歌曲，和一切向钱看的“下海”的喧嚣中的知青话题，似乎显得有点背时而又无用。

可我是个知青，我很爱看这些知青写的关于知青的回忆。

可也正因为我是个知青，我才尤为分明地在这些同龄人的回忆中看到，历史在被人记忆的时候，竟是如此惊人地参差不齐，黑白不同。有人伤感，有人控诉，有人怀恋，甚至有人至今还以青春的浪漫在浪漫地歌唱当年的青春，还在满怀深情地“青春无悔”。对于“文革”当中产生的伟大的上山下乡运动和那个光辉的“五·七”道路，我深恶痛绝！作为一个知青，作为一个过来人，看见我的同伴们至今还有人躺在浪漫的怀抱里

"青春无悔"，心里翻涌着的，不是愤怒，也不是鄙夷，而是一言难尽的悲哀。沉沦者的可悲，不在他的沉沦，乃在他的沉沦而不自知，乃在他的永远沉沦而永远不自知，乃在他的沉沦了却还要把沉沦当作浪漫和理想来炫耀。古人说"哀莫大于心死"。可我的同伴中竟还有人给"心死"挂上浪漫和理想的光环。此情此景，真叫人欲说还休。

今年我在第3期《上海文学》、第2期《收获》上发表了两个中篇小说，《黑白》和《北京有个金太阳》，讲的也都是知青的故事。有人看了发表评论说，是在追寻理想，是对上山下乡真诚的肯定。此情此景，也真叫人哭笑不得，欲说还休。其实，小说发表了，别人怎样看，那是读者的事，不管这读者是否是个评论者，那都和作者无关。问题是这种评论又一次地提到了知青和知青们的"理想"。看来这是个无法回避的难题。

我想问问，我们这生在红旗下长在红旗下的一代人，被"文革"的狂潮煽动起来的那种热情能够叫作理想吗？我想问问，在那个以革命为名义，以阶级斗争为动力，以最最最为模式，以两个"凡是"为最后疆界的理想中，到底有多少人的味道，到底有多少思想是出于人的自觉呢？举凡中国五千年的历史中，从来没有像"文革"那样登峰造极。八亿人民说同样的话，做同样的事，穿同样的衣服，唱同样的歌，看同样的戏，喊同样的口号，忽而同样打倒这些人，忽而同样打倒那些人，"亿万颗红心在激烈地跳动，千万张笑脸迎着红太阳"……噩梦醒来，中国人精神的园地里除了满目创伤遍地荒凉而外，可还有些什么可以称作理想？

提起知青人们总爱做一个比较：既然那么多的农民，那么多的老“军垦”都能留在那些地方，你们为什么就不能呢？这显然是一个被偷换了的命题，是谁说让农民世世代代地绑在土地上，把许多人强行留在遥远的边疆是一种当然的合理？这个合理性被严严实实地扣在一个建设祖国的大帽子底下。而在“文革”当中更有一个比建设祖国还要重要的头等大事，就是防修反修，就是培养“无产阶级革命事业接班人”的百年大计。这些现在看起来荒诞无聊、滑稽可笑的“大计”，当时却是最最最庄严神圣的条律。可我们为什么不想想，为什么在20世纪60年代还要延用两千年前汉武帝的屯田制呢？为什么据说是“无产阶级的革命事业”，却和那个汉武帝的文功武业如此的相似呢？其实，这个问题现在再来讨论它实在有些多余。因为，当年千百万个知青们，都已经用自己的行动做出了最简单也是最直接的选择——不用号召，不用组织，不用任何庄严崇高的理论来指导，他们一个不留毅然决然地回城了。如今他们问心无愧理所当然地和那些崇高理论的制造者们同样居住在城市，而且往往就在同一座城市里——一个与千百万人的心愿和自然选择相违背的理论，就是一个最大的谎言。千百万知青们终于返城了，中国的农民们终于挣脱了人民公社而选择了包产到户，边疆的老军垦们终于不再为了防修而是为了自己去生产。现在农民企业家的公司不仅办到了城里，而且办到了国外。我们终于明白了最神圣的东西不是别的，最神圣的是每个人应有的权力。这权力用不着谁来赐予，这本是每个人生而具有的权力。

在这些知青同伴们的回忆里可以看见许多的过去，也看见许多被他们不经意地提到的现在。或说到孩子，或说到妻子，或说到自己现在的工作。远离了往日的颠沛和动荡，大家终于在安居乐业的日子里平静下来。唯其是不经意地提起，你才能深深感到大家在现在的日子里沉浸得有多深，有多幸福，有多平静。柴米油盐，妻儿老小，已经在每日不经意的奔忙中，把过去平平静静地埋了很深，很深。如果不是有人故意去挖掘，大家已经不大愿意想到过去了。我有时就想，真不知道该不该记住那个过去；难道过去了的真的就永远成了过去？

回首历史，我们中国人真是一群太爱忘记的人。远的不说，近在咫尺的“文革”，早已不大有人提起。就是偶尔记起了，也仅仅是因为一种“渴望”——我想，这部曾经轰动一时的电视连续剧的名字不是一个偶然，它暗合了千千万万个人的心理就更不是一种偶然。一场关乎到全社会的灾难，关乎到八亿人的精神危机，被轻而易举地简化成一种个人之间的恩恩怨怨；一场历史的大悲剧，被漫不经心地制造成一种类似“江湖恩仇”式的文化消费品。我们太爱忘记，不是我们不会记忆，不去记忆，而是我们总爱给记忆挂上英雄和理想的花环；总爱用英雄和理想的光彩去涂抹掉苦难的痕迹。在一颗不会记忆苦难的心里，永远不会有理想的种子生根发芽。在一颗没有刻骨痛苦的心上，也永远留不下理想的铭文。

历史可以因为记忆错位而黑白难辨。

理想可以因为不同的诠释而南辕北辙，面目全非。

苦难可以因为时间流逝而淡漠无痕。

那为什么还要有这些书？又为什么还要有这些依依不舍刻骨铭心的回忆？看着案头上的这些书，看着这千百万人对千百万青春的追忆，不禁思绪如麻。生命只有一次，人生只有一次，可以经历的过程也只有一次，逝者长已矣，在这个无情流逝的过程中造物留给生命唯一的安慰就是回忆，人只有在也只能在无尽无期的追忆中与过去的自己，与过去的一切，依稀相见。

想起往事如云飞，泪水就流成了河……

这首当年几乎每一个知青都会唱的歌，撞击着所有迷惘而又悲伤的青春的心怀，传遍了白山黑水，传遍了天山脚下，传遍了黄土高原，传遍了澜沧两岸，传遍了内蒙草原。当年凭着这歌声，你可以一眼认出那一群叫作知青的人；如今凭着这歌声，你会身不由己一往情深地陷进纷乱如麻的回忆之中。当年的知青们如今早已不再年轻，早已都做了父母，早已都是“不惑”之人了。我们是有一个可让自己感叹的青春，但我们如今不该只为自己回忆青春，更该为孩子们记住历史，为孩子们记住黑暗和灾难。如果有一天，孩子们也像我们一样面对黑暗和灾难的时候，我不敢奢望他们有更好的命运和机会，我只希望他们不要像我们当年那样幼稚和无知。

1993 年 5 月 26 日下午于家中

原载于《文学自由谈》1993 年第 3 期

# 痛苦的相同与不同
## ———从几本知青回忆录想到的（之二）

看了《北大荒风云录》、《草原启示录》和《中国知青梦》这几本书之后，引出心中许多的回忆和感慨。当然，这首先是因为我自己也是个知青。书中所记所叹所想，无不锥心刻骨，无不引人思绪万千。许多原来想到而不想说的话，许多原来想到而没有说的话，不由得纷至笔下欲罢不能。

忽然就想起一个老问题。前些年，在一些文章里，在一些人的谈话中常常提到知青的命运，提到知青命运的时候常常大不以为然地评价，说是，和世世代代的农民相比，你们受的这一点苦算得了什么？我想这是一个不足取的类比。因为如果照着比下去，我们就可以说，和世世代代骑在马背上风餐露宿的牧民相比，你们农民的老婆孩子热炕头算得了什么？还可以说，和茹毛饮血的非洲部落里的人相比，你们这些骑在马上的人算得了什么？以此类推，我们只好退回到单细胞动物草履虫的世界，才能取得大致的平等了。因为大家都是单细胞，大家都无一例外地泡在水里，享用同样的食物和阳光，大家繁殖的后代也照样还是和自己一模一样的单细胞。这显然是一个小农式的“不患寡，而患不均”的对比原则。岳飞、屈原位极将相，按照现在的标准无疑可以算作“高干”了，但并不能因此就说他们遭遇的痛苦和悲剧算不了什么。痛苦和悲剧这样的事情，不是以财富的多寡、地位的高低来区分，也不是以受罪程度大小和受罪时间长短来区分的。唐玄宗尽管做了皇帝，可他失去杨贵妃的痛苦，照样是人的悲剧，照样是“天长地久有时尽，此恨绵绵无绝期”。

是的，被世世代代绑在土地上的农民是痛苦的，而且是难以言说的深重的痛苦。但是，颠沛流离飘落四方的知青们的痛苦也是痛苦。从某种意义上讲，因为他们是“知识青年”，因为他们是离现代文明更接近一点的城市人，他们对痛苦的承受能力就更弱，他们对痛苦的感受能力就更敏锐。一双满是老茧的手可以从容地对付劳作，而一双捏笔管的手稍事磨擦就已经鲜血淋漓了。对痛苦习惯也罢，不习惯也罢，痛苦本是同样的。手可以磨出来的老茧，心也可以磨出来。因而，麻木者的鲜明感觉就更让人痛苦，那是一种对于痛苦的痛苦。所以，鲁迅先生痛心疾首地说，对于关在铁屋子里将要慢慢窒息死去的人，也许竟是不去叫醒的更好些，那样也许可以免除许多许多的醒来的痛苦。鲁迅先生的痛苦是一位清醒者的过分清醒的痛苦，他在一片沉睡之中醒过来，看透了那个几乎没有出路的结局——睡去是黑暗，醒来也还是黑暗。鲁迅先生固执地坐在那一片阴冷的黑暗之中，睁开眼睛，一直等到自己变成了一尊雕像，一直等到雕像的脚下长满了萋萋的青草。

对于农民的痛苦，中国的文人们历来是记诸笔端的，他们写下无数“悯农”的诗句：他们说“羸牛无力渐艰行”，他们说“锄禾日当午，汗滴禾下土”，他们说“可怜身上衣正单，心忧炭贱愿天寒”，他们说“四海无闲田，农夫犹饿死”。与现代的知青们不同，古代的文人们，是以农民之中当然的一员来说话的。但是，这类的诗句看得多了，尤其是当你自己身体力行地去做了几年农民之后，你就会慢慢地品味出那个“悯”字背后露出来的，那么一种居高临下的心态，你就会慢慢地闻出来那么一股茉莉花茶的香味。如果你看了这些悯农诗，再去看看同样的一些人写出来的田园诗，听听那些“人家在何许，云外一声鸡”，听听那些“莫笑农家腊酒浑，丰年留客足鸡豚”，听听那些“西崦人家应最乐，煮芹烧笋饷春耕”，你就不由得要怀疑，这些诗句到底是不是同样的人写的，这些诗人的头脑是不是出了问题？这些与农民自为一体的当然的代表者们，怎么竟然这样理解和表达痛苦？幸亏我们有鲁迅先生可以拿来做对比。想想鲁迅先生的闰土，再想想他的阿Q，我们就会在那个“悯农”和“田园”的两极，发现一个封闭的人格。他们深深的怜悯其实是深深地扎根于无限的赞美和向往之中的。这中间没有人的自觉和批判。这其实也是许多知青出身的作家和农村出身的作家的深刻的不同。在后者的身上，总有许多自觉不自觉的“古典情结”，他们总觉得自己比别人更会“悯”农。

如此说来，知识者或者说知青们的痛苦，竟比千百万的农民更深刻，更“高贵”吗？我想，不是。这就好比看破红尘而出了家的僧人、居士们，虽然一时到不了彼岸但躲进了寺庙，可他们依然是人，不论出家与不出家，人所要对付的总是那属于人的无穷无尽的万千烦恼。我们只能是人。我们只好是人。我们只配做人。除此而外，我们什么都不是。

1993 年 5 月 31 日于家中

原载于《文学自由谈》1993 年第 4 期

# 手抄的第一本书

“文化大革命”的第二年，我十七岁。那时候红卫兵运动的高潮已经过去了。大串联的高潮也过去了。“军管”还没有开始，“军宣队”还没有进驻学校。到处都处于一种没人管的无政府状态。学校可以去，也可以不去。我们学校的图书馆在运动一开始就被贴了封条，那时候大家都认定图书馆里那些书都是“封、资、修”的“黑货”，必须得把里面所有的“黑货”清理出来，才能再开放，再借书。对此，我当时深信不疑。

可是等到大串联的高潮一过，中学生的运动热情普遍降下来了。有一天，我和另外几个同学闲着无事，就把图书馆的门打开了。纸封条是早就裂开的，那把生了锈的铁皮锁用手一拽也就开了。书架上落满了尘土。大家拨开尘土，拨开书，各取所需，一时间忘了什么“黑货”“红货”。我死死地塞了一书包：朱东润主编的《中国历代文学作品选》（我记得只找到三本），《杜诗散释》，中国科学院文学所编写的三卷本的《中国文学史》，高尔基的《论写作》，等等，总之一本比一本厚，只恨书包太小。这是我此生第一次不靠老师不靠课本自己主动找来这么多属于“知识性”的书。我的“主动阅读”应当从这时算起。从此以后我就到处找书、借书来读。在当时这也是唯一可以读到书的途径。巴尔扎克、雨果、托尔斯泰、屠格涅夫、果戈里、陀斯妥耶夫斯基、大仲马、肖洛霍夫、司汤达、勒萨日、柯切托夫、契诃夫，当然还有鲁迅、茅盾、罗贯中、施耐庵、吴沃尧、曾朴，还有柳青、曲波、李准，还有当时唯一还能发表作品的作家浩然，等等等等，都是我这样东一本西一本找来的。

隔了二十多年，现在我很难讲清楚到底是哪一本书对我的影响最大，但是第一本被我摘抄的书却是忘不了的。就在把那满满一书包的书背回家不久，我上高中的四姐，带回家两本“解放前”出版的旧书，一本《唐诗三百首》，一本《考证白香词谱》。因为要还，她一再催我们几个弟弟快看。可我实在有点舍不得它们，而且不知道以后还能不能再看见这些书了。情急之中，我就决定把自己喜欢的诗摘抄下来。生字、生词和诗后的注解都抄。很快就抄满了两个练习本。先抄了两本《唐诗三百首》。然后，又抄了三本《考证白香词谱》。有了这个开头，以后，凡是遇到爱不释手的书，我就抄，不能全抄，就摘抄。抄过《金蔷薇》，抄过电影剧本《农奴》，抄过一个很薄的小册子《宋诗选》，抄过《律诗简介》，插队的时候摘抄过《中国历代文学作品选》宋金部分，摘抄过我当时能见到的各种有关“写作知识”的文章和小册子，集录一册名之曰《写作方法札记》，我甚至还摘抄过《矛盾论》《实践论》。现在回想起来，年轻人求知欲最旺盛的时候，我就是这样像个没头苍蝇一样乱读乱抄。离开北京来山西插队的时候，我把那些自己找来的书，和那些自己抄来的大大小小的练习本，都装在行李箱里，带到吕梁山深处那个叫邸家河的小村子去了。其中一些我一直珍藏至今。

二十多年过去，当初的热血青年如今已过不惑之年。当初写在本子上、记在心里的诗句有些早已经忘记了。可每当在无意之中翻出这些旧书，看见这些旧本的时候，就有点动情，就会想起当年那个趴在油灯下边抄书的十七八岁的愣小伙子。如今我有了自己的书房，有了自己的书架，有了自己的书桌，有了自己的电脑，有了满室宝卷终日相伴。再也不用抄书，也再也不去抄书了。可也再也没有了那种近乎发狂的对于书本的渴望。于是，我知道，自己真的是再也不年轻了。

1994 年 12 月 26 日傍晚

# 插队掌故三则

## 一、好面包子

在我插队的地方细粮很少很金贵，把小麦磨成的面粉叫好面。好面包子是我下乡插队吃的第一顿饭，所以记得特别清楚。我们这一批同学是 1969 年 1 月 12 日离开北京的。一趟专列拉着我们从北京到太原，到临汾。换卡车，上吕梁山，到蒲县。住东关车马店，再换马车，马车拉行李，人在后边跟着，下坡的时候车闸一拉，像牛吼一样的怪叫声震耳欲聋，在弯弯曲曲的河谷里能传出十几里地去，晃晃悠悠上坡下坡一整天走了六十里，傍晚时分到地方了。沿着官道拐过一个山嘴，我们看见自己要去的村子了，我们看见念叨了一路的邸家河。

村口，一棵高大无比的老杨树落光了叶子，黑沉沉密匝匝的树枝映在傍晚浓重的天幕上。四周山坡上斑驳的雪迹衬出悠长深广的寂寥和荒凉。在老杨树的身后，在寂寥和荒凉中错落着十来处窑洞和抹了黄泥的瓦屋，窗户和门都是黑洞洞的。黑暗中有锣声响起来，一群人从老杨树底下朝我们走过来，很夸张也很有一点紧张地笑着，或是抓住我们的手，或是抢过我们肩膀上的挎包，嘴里一遍又一遍地重复着："欢迎欢迎！嘿呀，娃里们走得困么？走得腿疼哩吧？"在一片陌生而又热情的流行语和方言的混杂中，娃娃们和狗在腿底下钻来钻去，小女子们或揣着手或捂着嘴站在一边笑，走过来"欢迎欢迎"的大都是男人们。村里已经先给我们腾好了房子，我们十二个人，六男六女，各自拿了行李跟着自己的房东回家。然后，再集中到临时的集体灶上，吃来到邸家河的第一顿饭。给我们做饭的大师傅就是本村的赵大爷。赵大爷留一把山羊胡子，有瘤拐病，个子很矮。可赵大爷念过两年私塾，识文断字，还会算伙食账。当年的私塾先生给他起了一个很有希望的名字——赵登科。尽管给他启蒙的时候已经停了科举。

走了整整一天路，大家都很饿，都低着头问："赵大爷、赵大爷，咱们吃什么呀？"赵大爷扬起头，捋着胡子笑笑："队里给你们杀了羊，羊肉包子，好面的！"赵大爷一边说着，一边掀开了热气腾腾的大铁锅。赵大爷说："看这好面白么！"我们全愣住了，马灯下边，锅里的包子全都是咖啡色的。赵大爷又笑笑："嘿嘿，一年也蒸不上回好面，碱面使多啦！"可我们已经顾不上许多，每个人都就着米汤吃了不计其数的咖啡色的包子。赵大爷也盛了米汤和我们一起吃，一边吃，一边问："香么？好吃么？队里专意为你们杀的羊。"我们都说："香！香！"赵大爷说："吃吧，多吃，吃得饱饱的。我给咱蒸得多着哩！"赵大爷一边说，一边掀开面板上的柳条笸箩，白布下边露出来满满一笸箩咖啡色的好面包子。这咖啡色的好面包子叫我们一连吃了好几天。越吃，色越深。吃到最后，看见它就有点怕。

六个月以后，国家就停止供应粮食了。我年底分粮的时候分了十四斤小麦（第二年只分了七斤）。在我们村的石磨上用细箩，一斤小麦能出八两面，用粗箩能出九两。那时候赵大爷已经不给知青的集体灶做饭了。我们自己轮流做饭，可又都不懂得细水长流地过日子。一分了麦子就磨面。馒头，面条，烙饼，包子，没几顿就吃完了。很快，可以用来调剂伙食的仅有的一点杂粮、萝卜、山药蛋也吃完了。吃完了，就没有了。最惨的时候是五六月份青黄不接，天天顶着大太阳去锄地，熬到下午一两点钟才能回来吃午饭。饥渴难熬之中，等着我们的午饭是又酸又硬的玉米面窝窝，喝的只有蒸锅水，下饭的“菜”就是案子上的一大海碗粗盐粒。有的同学吃着吃着就冲到屋子外面去呕吐。什么都没有了，就天天回忆有白面、有杂粮、有萝卜山药蛋的好日子。一顿一顿地回忆，一点一点地回忆。然后再做各种假设，各种吃法，就深刻地理解了小麦磨出来的面粉为什么应当叫好面。当然，也就回忆起了赵大爷的好面包子。在地头上劳累之余，回忆起来那些咖啡色的包子，大家都一致同意：其实，赵大爷的好面包子挺好吃的！真他妈香！

## 二、触怒山神

插队第一年的早春时候，也就是三四月吧，我们邸家河生产队和县林业局定了搞绿化的合同，到荒山上去种树。种完树，林业局给报酬。公社的拖拉机来帮我们拉行李和工具。走了有二三十里路，在一个叫茹家坪的村子停下，卸下行李和工具。队长成保说：“到了。上山吧。八里地。”阴沉沉的云彩下面，一条羊肠小路从西面灰黄的山坡上曲折而下，白白的，细细的，像根绳子。大家就扛起东西上山。小伙子们走得快。快到山顶了，抹一把脸上的汗水，回头一看，小女子们红红绿绿的头巾和棉袄还在“绳子”上一闪一闪地飘动。

我们的宿营地是一个废弃的山庄，在一面劈砍出来的黄土壁上，有几个没有门窗的大窟窿黑洞洞地看着我们。成保指着院子边上堆着的玉米秸说：“拿这堵门窗。”一边又把人分开。我们六个男知青住一孔窑洞。放好铺盖，又分配我们去抬水。井在山沟底下，路又陡又窄，直立的土坡逼在一侧，一个人担上担子转不过身来。走到该下坡的路口上，我们在直立的土坡上看见一个小小的神龛，没有装饰，没有保护，只在一人高的黄土壁上挖了一个洞，洞只有半个锅盖那么大。洞里有一尊泥捏的神像，看不出脸面，也看不出是坐是站，神像上可能涂过的颜色也只剩下依稀的痕迹。风雨剥蚀的一团黄土，和这被遗弃的荒村一样显得零落而又荒凉。同行者中有人举起扁担嘻嘻哈哈地把那团泥巴捣碎了。有人嫌不过瘾，又捣了一下。然后，若无其事地下山抬水。铁皮水桶的提梁在铁环上磨得吱扭吱扭地响，一直吱扭到又黑又深的沟底下。抬回水，坐上锅，点火烧炕。天又冷，又是多年不用的土炕，我们就使劲儿地烧。晚饭之后天早就黑了。我们按照习惯照旧刷牙洗脸，然后睡觉。躺在炕上睡不着，就聊天。聊得时间长了又纷纷钻出被窝，挪开挡门的玉米秸到外面去撒尿。有人犯懒，又怕冷，就站在窗户前找个缝对外“扫射”。第一个“开门”的人叫起来：“嘿！下雪了！”我们一起扭过头去，真的，真是下雪了。纷纷扬扬的鹅毛大雪在院子里铺了厚厚一层，从敞开的“门口”飘进来。门前一片晶莹洁白，地上的白雪把山野天地衬得极黑，极深。忽然有种落进宇宙深渊茫然无依的感觉，从那极黑极深处，从自己的身体深处没顶而来……

大家方便之后，就睡觉。可我怎么也睡不着。不是不困，是太热！热到最后，我几乎不敢挨那张褥子了。只好爬起来打开手电筒，一照，坏了！褥子烧着了一大片，床单也已经烤煳了！我一叫喊，大家就乱起来。赶紧点油灯。沙崇义只穿了裤头窜出去，捧回一把雪来三下两下揉灭了冒火星的棉褥子。我这才发现是炕面裂了一道缝，火星是从那儿钻出来的。一条炕挤满了六个人，炕上再没有地方可以挪动。没办法，还得在这儿睡。找来找去，我在窑洞里找着一张用高粱秆扎的盖帘儿（山西方言叫牌牌——pie pie，一声）。把盖帘儿衬到褥子烧出来的大黑窟窿下边，再把床单铺上继续睡。这一下不但很热，而且很硬。在又热又硬之中还是迷迷糊糊地睡着了。也就是刚刚睡着吧，猛听扑咚一声震响，有什么东西重重地砸到炕上了。不知是谁爬起来再次打开手电筒。我们看见安子从被窝里坐起来，满头满脸的黄土，黄土当中转着安子那双眼白特多的大眼睛。在他的枕头四周满是碎了的土块，最大的一块有整砖那么大。大伙都笑起来，都说把黑安子给砸成了水蜜桃了。手电光再朝上一照，我们看见窑洞顶上裂缝的地方那个大大的缺口。大家又赶紧帮着安子打扫战场。安子把头上脸上胡撸了几下，倒下接着睡。一晚上有这么两次惊吓，我们都有点睡不成了，都嘀咕，这是招着谁惹着谁了这是？可到底还是年轻，到底还是困了。一觉醒来，吕梁山变成一派银白世界。

吃早饭的时候，我们几个人嘻嘻哈哈地大谈昨晚的奇遇。成保、闰月子、黑蛋和一起来的老汉们都问："你们夜儿里个（昨天）到底是做下啥啦你们？"我们就把昨天砸了神龛的事情招供出来。众人就一哇声地叫喊起来：呀呀，呀呀！那是个山神庙，你们这几个娃咋这么日鬼捣蛋哩？啊？那可不是闹着玩的！我们都还不大信，都还是嘻嘻哈哈地喝米汤吃窝窝。吃完饭，成保说："不行，我得看看去。"成保看了窑洞上头的裂缝一个劲地摇头："呀呀，怕人哩！要是我们，夜儿里个就再不敢睡啦！窑顶一掉土，八成就是要塌窑。你们这些娃尽是胡闹哩！没个轻重，不要命啦你们？"

听成保这么一说，我们都不再哈哈了。脸上都有点变了颜色。都有点害怕起来。可这个荒村就这么几孔废窑洞，我们并没有任何转移的可能。到了晚上只好硬着头皮进窑洞。也只好互相嘱咐：嘿，都惊醒着点啊，别睡死了，门别堵得太死了，别他妈一个不剩都捂在里头！可说是说，睡是睡。到时候窑洞里照样还是一片香甜的呼噜声。

后来，每年的早春我们都要去种树。有的时候近，有的时候远。我们的树种撒满了不少的荒山野岭。后来，知青们或者上大学，或者参军，或者分配了工作。一个一个都走了。我分配工作以后还常常回村去看看。总有十几年了吧，有一次，我又回到邸家河。我当年的朋友闰月子（知青的集体灶解散以后，我就把口粮分到闰月子家里去过日子了）陪我一起到山上闲逛。走到火石凹的山坡上，我忽然想起来那些撒下的树种。我就问："闰月子，咱们种的那些树呢？都活了没？"闰月子说："活了。大部分都活了。就是后来有的叫牛羊啃了，有的叫人砍了。你看，那不是就有一片。"我看见了，在密集如云的荆棘之中，有墨绿的马尾松的针叶艰难地伸出来。我说："捂得这么严实，这可怎么长呀？"闰月子说："你不知道，有这些簇林子护着（当地人把一种带刺的灌木叫簇林子），牛羊害不成，人也害不成。过上十几二十年，簇林子一死，松树就成材了。"

心里不知怎么就忽然一热，就想起那漫山遍野的一派银白来。

## 三、想不到的难题

我是 1968 年 12 月底到派出所办的转户口手续。在这之前学校里闹了一点小小的风波。因为在同学们都写了大字报、决心书，纷纷表示响应伟大领袖毛主席的"最高指示"上山下乡之后，在动员大会已经开过，在全校绝大部分有"城市户口”的同学都已经办了手续，报名到山西插队落户之后，不知怎么回事，忽然又有了在北京分配工作的名额，有几个同学极其幸运地留在北京了。结果军心大乱，几乎所有同学的家长立刻愤愤不平地拿着已经迁移的户口找到学校来。来“闹事”的家长大都是工人。学校无话可说，只好又把户口还给他们。本来二十来人的一支队伍，立刻做鸟兽散，只剩下三个人。两个女生，一个男生。这个男生就是我。我所在的杨闸中学，在东郊，学校里绝大部分学生都是附近农村的。这些农村的同学这时候都已经回家了，空荡荡的学校里只剩下二三十个我们这些有“城市户口”的学生，等着分配。眼前的事变，让我有点说不出的难受。那是我第一次看见什么叫真正的人心。本来都是“一派”的同学（我们这一派群众组织的名字叫“红旗公社”），三年来，在“文革”中都是同进同退，用当时的话说是“建立了牢不可破的战斗友谊”。可稍微遇到一点真正的考验，“友谊”立刻变得像一张淋了雨水的大字报，惨白而又没用。其实，我也想留在北京。可我的家长那时候住在“牛棚”里，不可能为我到学校来申辩；而我自己也不单是为了响应“伟大号召”才报名下乡的，心里一直有一种要证明自己的念头。到底要证明什么？我也说不清楚。以当时的想法，最简单的愿望就是想要证明自己不是一个坏人，不是一个像他们说的那种“可以教育好的子女”。虽然只剩下了三个人，虽然三个人里只有两个是“一派”的，可同学之间还是展开了热烈无比、反反复复、依依不舍的送别：互赠笔记本，本子的扉页上一定要有特别精选的毛主席诗词或语录，“海内存知己，天涯若比邻”虽说是唐朝诗人王勃的诗句，可因为被毛主席引用了，也就被当成“主席诗词”的一部分而被反复互相赠送。互赠的《毛主席语录》扉页上也写满了革命的豪言壮语。然后就是反反复复地聚集在一起唱歌，照相；照相，唱歌。大家嘴上不说，心里都模模糊糊地感觉到从此一切都要变了，从此一切都会不一样了。好像要把一切都留在歌里，都留在火辣辣的赠言里，都留在一次又一次的合影上。这么唱，这么写，这么做的时候，大家心里都明白，家在农村的同学已经是社员了，他们哪儿都走不成；反悔了的同学们也不会走了，他们已经决心等着在北京分配一个工作；真正要走的，真正“天涯若比邻”的只有我们两个人。我跟着同学们唱歌，签名，赠言，抄诗，照相。可总也抹不掉心里那点空荡荡的难受。我就这么空空荡荡地唱歌，签名，抄诗，照相。模模糊糊地打算“证明自己”。可没有想到，我们这些决心要“接受贫下中农再教育”，要到“广阔天地”里“脱胎换骨”“改天换地”的知识青年，来到吕梁山，却遇到一个比这些所有“革命”的大问题都尖锐、都直接、都无法回避的难题。这是一个我们在唱歌、签名、抄诗、赠言的时候压根就不可能想到的难题。

我插队的村子在蒲县，处于吕梁山的南段，叫邸家河，离县城六十里路。我们十二个不同学校的知青，六男六女，被暂时分到老乡腾出来的旧房子里住。一放下行李，就找厕所。找着厕所才发现，村子里的厕所不分男女，是每家每户自己专用的。攒下来的粪便，除了自己种菜用，生产队也要用，就得按桶计算，折成工分，年底可以分红。所以粪便是“私产”。老乡鼓励每个知青到自己家的“茅厕”里“解手”。我们这些人倒是不在乎去谁家的茅厕，而是实在有点受不了茅厕的“原始”：第一是它的不分男女，第二是它的没遮没拦——除去半人高的一截石墙外，既无顶又无门。上厕所“解小手”的时候男生还好办，反正露着半个身子做招牌，谁都看得见，自然就会回避。可“解大手”的时候就有点尴尬，没人看得见里头有人没人。试探的方法只有一个，就是咳嗽。看见一个“空”着的茅厕，你要想用，走到近处得先咳嗽。你一咳嗽，里面如果没人回应，就证明它是空的，安全可用。可如果有人在里面接应，也咳嗽起来，你就只好告退，另求他门。再咳嗽，再试探。这方法没人教，也不用教，遇见一次两次无师自通。尽管如此，也还是常常免不了尴尬的遭遇。又因为是山区，所有的窑洞和房子依山而建，错落有致。可茅厕过分低矮的石墙根本挡不住视线的落差。从高处往下看，很多茅厕都是一览无余。正在街巷里走着，弄不好就会瞥见谁家茅厕里白亮亮的一闪。男生们反正脸皮厚，还能将就。女生们一去茅厕，就得“二人行”。一个在里边“如厕”，一个在外边站岗。而且得尽量找墙壁高一些的茅厕。反正这件意想不到的小事弄得大家很不习惯，很不受用。老乡们把那种分男女、有顶子的茅厕叫“洋厕所儿”。这种洋厕所儿，除了学堂里有，公社里有，县城里有，“老百姓使那喋子的干啥？”（“喋子”是邸家河一带的方言，意思有点像北方话里的“妈的 ×”一类粗话。）老乡家里的厕所不只不分男女，没有房顶门窗，而且他们解过手以后不用纸，石墙的缝隙里东一个西一个地塞着脱光了颗粒的“玉米核儿”，上完厕所之后，用玉米核儿一蹭就算完事。玉米核儿不是只用一次，而是反复使用。所以玉米核儿上常常都是抹满了粪便的，粪便一干，就是黑色的。玉米核儿也就常常不是黑白相间，就是黑红相间。厕所的“坑”里一般都是埋一口破损的水缸，这样既可废物利用，又可以大致防止渗漏。缸口上横担着两块分开的石板，石板下面直通缸底斜插一根木棍，为的预防解大手时缸里的粪水溅到身上。因为茅厕里是要兑水的，这样一是为了掏粪的时候方便，二是可以增加数量。这根斜插的棍子，就是老乡嘴上常常用来骂人的那根“搅茅棍”。蹲在厕所里看见的这种场景，看见“贫下中农”最隐秘、最直接、最真实的生活习惯，它让我对《毛主席语录》里的“人民”，它让我对从书本上、诗歌里了解到的“人民”，有了极大极深的认知改变。这个第一眼，所带来的视觉冲击波；这个第一眼，所引起的“话语”冲突和强烈对比让我至今难忘。可以说，我对于人民完全不同的理解，就是从这种种闻所未闻、见所未见的场面中，一点一滴积累起来的。

经过了一再的尴尬和遭遇之后，男同学们终于找到一个临时解决的办法。紧挨村子后面有一条山沟，老乡们叫它后沟。后沟又窄又长，沟里乱石嶙峋，杂树丛生。遇到下雨，沟里就会有一道山水流很多天，有时会流一夏一秋，晚春的时候，会开出满沟浓香扑鼻的紫丁香。不知是谁先起的头，这条后沟就成了男生的厕所。只要看见谁手里攥着纸往后沟走，就知道他是去解手。有时候为了找一块干净地方，会顺着山沟朝上走一段。蹲在丁香丛的后边会有很好的视线。村子里的一举一动，鸡狗牛马都看得很清楚，村口的老神树，树底下流过的小河，河滩地的地楞上边是场院，场院后边山坡上的杜梨树开了白灿灿一树的花，根宝赶着羊出坡了，换成引着牛回村了，全都能看得很清楚很清楚。可是，时间一长，后沟里到处是东一张西一张用过的废纸，白惨惨地夹在石缝和树丛当中，非常难看。有时候去后沟的路上会遇到村里的老汉们，他们就会笑着骂起来：“哈哈，喋子娃，又上后沟呀！”老汉们在地里说起这件事情来会说：“庄稼一枝花，全靠粪当家。你们把好好的东西都废啦！你们城里人都上沟里解手去？看看你们日怪么你们。”

一直到这一年的秋天，队里终于用知青的安家费，给我们十二个人盖了一排“新式”的宿舍，并且在我们强烈的要求下，又在宿舍旁边盖了一间高墙头分男女的“洋厕所儿”。从此上厕所不用再咳嗽，也不用再去后沟了。后来，知青们一个一个都走了，只把新式的宿舍和厕所留在了村子里。有一年我回村去，看见我们知青的宿舍改成了村里的小学校。房子旧了许多，可当年用石灰和墨汁刷在宿舍正面砖墙上的那条大标语还依稀可见，那是一条缩写的“最高指示”：广阔天地大有作为。一个女老师带着十几个孩子，在哇啦哇啦地“唱”课本。下课的时候，孩子们从教室里跑出来，又笑又喊。我看见孩子们从从容容地，在那个分男女的“洋厕所儿”里有进有出。心里说不出是高兴，还是伤感。再后来，我很长时间没有回村。我的房东闰月子到太原来，告诉我说邸家河的小学一直没有好老师，学校办不出个样子，就撤了。现在南耀村盖了新学校，孩子们都去南耀上学了。我们知青的宿舍是“公产”，已经由村里做价，全都卖给根宝了。根宝的儿子现在娶了媳妇，媳妇已经又养下娃娃了。根宝还是胃口不好，还是天天上山放羊，还是不大能数清楚羊的数目。现在，山上的树到处都砍得光光的。后沟的树早就砍光了。

1998 年 5 月 9 日，细雨中写于太原

# 老林沟的故事

吕梁山的深处有个地方叫老林沟，老林沟里林木参天，土地肥沃，撒下种子就有好收成。很久很久以前，老林沟的土地都是张财主家的。因为离村子很远，每年冬天到过年的时候，在老林沟干活的长工们都回家过年，只留一个看院子的在沟里过冬。这个人一冬天的事情除了照看野兽和野火之外，就是给自己做饭。为此，张财主要另外给工钱，还要留下过年的酒肉和白面。可辛苦了一年的长工们，都想回家，还是没人愿意留下护院子。到最后留下来的不是光棍就是老头。

这一年的冬天，把光棍汉天牛留下了。

天牛身强力壮，是个勤快人。每天扫院，担水，劈柴。然后就是做饭，吃饭。再然后就是坐在门槛上，对着太阳抽旱烟。方圆几十里的地方就这么一杆铜锅冒烟。熬到太阳落了山，天一黑，天牛连灯也不点，钻被窝睡觉。天牛一睡着，方圆几十里的地方就只有一个人打呼噜的声音。天牛知道自己是个光棍，天牛什么也不想，天牛一心等着明天早上太阳从东山尖儿上冒出来。看见太阳，天牛心里就踏实了，就觉得天底下地上头还有个太阳和自己做伴儿。就这样，不知不觉到了除夕的晚上。天牛想，今天过年，就点一会儿油灯和自己的影子就个伴儿过年吧。天牛把豆粒大的麻油灯点着了，窑洞里就晃着天牛和他的大影子。点着了灯，天牛就到炕头上摸自己的铜烟袋。一转头，看见个女人坐在身后的炕沿上朝自己笑呢。这女人粉脸白牙，手里提着个白包袱，笑得别提多好看多和气了。天牛想，院门也拴了，窑门也拴了，她是咋进来的呀她？可天牛没有问出来，那女人笑得别提多和气多好看了。女人说，我是杨树庄的，走错路了，就走到这儿来了，这儿是老林沟不是？天牛赶紧点点头，天牛说，是，是是。女人说，大哥，你别担心，我真是走错路的，反正也走不回去了，就在这儿和你做伴儿过个年吧。天牛抹了一把额头上的汗，天牛看看土墙上自己的大影子，天牛就笑了，天牛说，行，行行！可天牛心里又想，院门也拴了，窑门也拴了，她是咋进来的呀她？女人放下自己的白包袱，女人说，过年的饺子还没包呢，我给你包吧。一眨眼，剁馅，和面，擀皮儿，案板上排下一行又一行的肉馅饺子。又一眨眼，香喷喷的饺子摆到炕桌上了，酒温好了，油酥辣椒、老醋、蒜瓣也都摆好了。女人说，大哥，你尝尝，香不？天牛一口吞下两个饺子，天牛说，香，真香！可天牛还是想，院门也拴了，窑门也拴了，她到底是咋进来的呢她？一眨眼，女人包的饺子都吃到天牛肚子里了，女人温的酒也都喝到天牛肚子里了。酒足饭饱，就犯困，天牛捂着厚嘴唇打哈欠。女人也累了，也侧过脸打哈欠。土墙上就有两个人影在晃。冷丁，天牛看见打哈欠的女人猛然变了形，长下巴忽然吊下来，红红的舌头吐了老长老长。天牛吓得心都要炸了，天牛心想，我就知道是个妖精，我就知道是个妖精！天牛刚要叫。女人揉揉下巴转过头来，粉脸白牙，笑得别提多好看了。女人说，大哥，你困了就先睡，我借你的灯做做针线，一会儿天亮了我就走，你不用担心。天牛吓得浑身是汗。天牛说，我不困，我再抽一袋烟。天牛就凑到案板旁边假装从炕头的炉火里取火种吸烟。女人笑笑，低头在油灯底下打开包袱，拿出针线。天牛看见她一针一线地在绣一对戏水的鸳鸯。天牛看准了机会抓起案板上的菜刀，死命朝女人粉白的脖子劈下去！女人回过头来，直盯盯看着天牛的眼睛。一直看得天牛心里像是冻了冰。女人没有叫喊，也没有流血，只见一道白光骤然一闪。这一辈子，天牛的窑洞里也从来没有这么亮堂过。白光闪过，女人不见了，窑洞里一切又都恢复了老样子。土墙，土炕，一盏豆粒大的孤灯，墙上晃着天牛难看的大影子。几十年来，天牛都是一模一样地重复这样的日子……借着暗幽幽的油灯，天牛看见炕沿上女人打开的白包袱原来是一卷雪白的桦树皮。惨白的树皮上没有鸳鸯，也没有水。

窑洞外面，寒星寥落，黑夜沉沉，方圆几十里只有一颗心狂跳不止。

天牛不敢睡觉了，在院子里打起一堆旺火，一直烧到鸡叫三遍，大年初一的太阳升起来。随后天牛一溜烟跑回村子里报信。张财主不信，说是天牛吃了，喝了，还不守信用，还要撂下庄院跑回来过年。张财主就带上人上山去对证。没想到，果然看见了那捆桦树皮，还看见从炕头上一直滴到山里的一行血迹。众人随着血迹又追到老林沟最深的林子里。赫然间，在一棵老白桦树的树尖上看见了那把寒光闪闪的菜刀。天牛说，你们看看，你们看看，我有一句假话吗？亏了是我先下的手！众人都说，咳呀，这以后谁还敢来沟里种地呀！张财主发了火，张财主说，这还行？不叫人种庄稼了？砍，砍死它！众人就砍。可老白桦树太粗太大，根本就砍不动。张财主说，砍不动就烧，把山上的树砍了堆到这儿来，烧！烧死这个树精！众人就把老白桦树周围的树都砍倒了，都堆到老白桦树身上，又去拾来些干柴，把老白桦树团团围住。火烧起来的时候，众人都惊叫起来，看看，看看，流血啦！流血啦！只见殷红的血珠子一行行、一片片地从老桦树雪白的树皮上滚到火苗里来。整整烧了三天三夜，把老白桦树烧成了黑黑的干柱子，老树的尸首从又冷又硬的天上戳下来，老林沟里漫天漫地都是骨肉烧焦的煳味儿。

第二年，老林沟的树死了，草死了，万物都死了，横尸遍野。再种什么种子也不发芽了。暴雨一场一场泼下来，山体崩塌，土石飞溅。一条泥河发疯一样横冲直撞，过村淹村，过田冲田，再使什么方法也挡不住了。一代，两代，不知多少代了，无计可施的人们只好往高处搬，只好往山上躲，只好叫它乱流河。从那以后，老林沟没有了，只留下这条乱流河。再后来，又过了不知多少年，乱流河边来了好多城里人。有个叫李锐的北京知青，也随着这些城里人来到这乱流河边插队落户，做了短短的六年农民。再后来这些城里人又都回了城里。吕梁山还是吕梁山，乱流河还是乱流河，种地的还是种地的。回了城的李锐写了不少乱流河边的故事。天牛们的后代们，并不怎么看重他写的这些东西，偶尔提起来，会说，咳——那都是他编的古话儿！

1999 年 8 月 13 日午夜

# 画家和他的妻子

那时候“文革”刚刚结束，我刚刚调入编辑部。那时候的作家协会不叫作家协会，也不叫文联，叫文艺工作室。那时候的人都是刚刚从“文革”的恐惧中走出来，都还有点战战兢兢的。

有一天，我住的单身宿舍里来了一个人，矮个子，宽肩，大鼻子，说一口山东话，穿一身黑布面的棉衣棉裤。说话的时候喜欢伸出右手来，张开三个指头，让人一望而知，那个粗糙厚重的手是常年劳动的手。他告诉我，他叫王莹，山东临清人，原来是这里《火花》杂志编辑部的美术编辑。1955 年从中央美术学院毕业，1957 年就在这给打成“右派”，先劳改，后来又遣送回乡当农民。他现在是回来要求落实政策。没几句话就说完了大半辈子的事情。宿舍里有两张床，来来往往的经常有人住。老王就睡在空床上，半夜里呼噜打得挺响。我睡不着，拉开灯看书。有时候就扭过头去看看那边的呼噜，老王顶着满头花白的头发，顶着一个大大的鼻子，沉浸在一派酣畅的呼噜里。我就想，也不知道他当年在中央美院上学的时候是不是这样。

后来，我和老王做了邻居。我从单身宿舍搬到一间大一些的房子，老王紧挨隔壁，和我的房子一样大。那时候，我还没有结婚，老王的家属也还没有从山东乡下迁来，老王说，农村户口转城市户口手续非常麻烦。而且，他的三个儿子有一个超龄了，政策规定不许再转户口，他现在只能把妻子和两个小儿子带到太原来。三个儿子的名字都是老王起的，叫洪诗，洪艺，洪哲。我想，诗、艺、哲这三个字肯定是老王特意选出来的，老王在几十年的磨难中特意选出这三个字，是为了留给儿子，也是为了寄托自己。

因为都是单身，又因为门挨门，我和老王常常互访。又因为老王年长，我年幼，所以更多的时候是我去登门拜访。老王家里一片狼藉，桌子上乱堆着纸、砚、笔、墨和配色盘，被子从来也是堆成一堆的，纷乱的纸笔之中永远戳着一只高粱酒瓶子，摊着花生米和吃剩的熟肉。老王劝酒，我说不会。老王就不再勉强，独饮独酌。喝一口酒，嚼两颗花生米。喝了酒，鼻子就显得更突出。就着那些酒和花生米，老王又对我不大经心地讲过些他的经历。断断续续的，想到哪儿讲哪儿。老王说，40 年代末，他正好高中毕业，和一个最要好的同学在一起商量，到底去哪儿。那时候解放军和国民党军队仗打得正凶，整个中国硝烟弥漫，弄得他们这两个高中学生举棋不定。后来，老王决定留下来。老王的同学南下求学。没想到，同窗好友南北分袂，竟然是各自留在两个不同的世界里。同学在中美建交的时候回来了。同学回来的时候，要求参观县里的工艺美术工厂。那时候老王正在厂里当临时工，发挥他的一技之长。那时候“文革”还没结束，毛主席高瞻远瞩，打算过七八年再搞一次。老王知道几十年的同窗好友回来了，可老王也知道这好友是从海外来的，谁要是沾上“海外关系”，就算是沾上了特务嫌疑。老王已经劳改过一回了，老王不想也不敢再去劳改。所以，老王就一直躲着老朋友。从一个车间躲到另一个车间，最后还是没躲开。老同学说，我打听到你在这儿才特意来参观的。老王很兴奋也很害怕地夹在领导和老同学中间，说了些很惊讶也很得体的话，一点话把儿也不敢留下。老王的老同学说，你现在搞国画，我很想买一些个人收藏。老王笑笑，老王说，我现在哪有个人的作品呀，都是厂里的。老王的老同学怅然若失，空手而去。老王对我说，那时候哪敢沾海外关系呀！老王隔了几十年的岁月淡淡地笑着谈他的经历，这些经历被叙说的时候弥漫着高粱酒和花生米的香味，弥漫着老王平淡的微笑。

有一次老王说，你去弄块石头来，我给你刻一枚藏书章。我才知道老王还会篆刻。老王拿出一本装裱精美的册子说，你看看，这是我刻过的印谱。洁白的宣纸上错落着一些或鲜明或残缺的红色，我才知道，印谱是可以当画看的——是那种最简约也最有意味的画。于是，我就去买了块石头，黄色的，很普通。老王刻好后把石头交给我。是篆字。笔画粗粗的，很拙，很沉。另外还留下几排行书小字：为李锐同志刻藏书印，八零年，王莹。这些字错落成四排，染成绿色，是那种绿中透蓝的冷旧的绿色。初得此印，并不觉得怎样，只是高兴从此有了藏书章，便把书架上的书一一拿下来，一一地印上一方红色。印完了，也就把它放在书桌上了事。时间长了，看得久了，才慢慢地品出一点味道来。只要朝书案之角斜过眼去，就会看见它，暗黄的石头上，有一方朱红，又错落着一些冷旧的绿色，就像一幅经年的沉稳的石刻画。

后来，我结了婚，妻子也写小说，两个写小说的人组成的家庭，自然是写作气氛甚浓生活节奏甚乱。后来，老王的妻子和儿子终于从山东老家来到太原。两个单身汉的邻居，变成了两个家庭的邻居。我们那排旧房子忽然热闹了许多，响起许多洪亮有力的山东话。老王的妻子是老家农村的女人，老王说那是糟糠之妻。老王从来不说“我妻子”，也不说“我爱人”。老王只说我老婆，而且只用山东话说。老王的小儿子才 8 岁，叫小虎。小虎用童稚的山东腔要吃要喝，或哭或笑。小虎的哥哥腼腆得像个小姑娘，你问他话，他总要先笑笑，然后才用山东话慢慢地说。后来，老王告诉我，写《金瓶梅》的那位兰陵笑笑生，是他们山东老家临清人。老王说《金瓶梅》里有许多临清方言。老王说，方言是做考证的最好的界碑。当一切都变得模糊难认的时候，只有方言是最经久不变的。老王说的确信不疑，他坚信自己的推论。老王手里有一本版本很珍贵的《金瓶梅》，他做过许多考证。再后来，老王的案头上放了一套线装的《霜红龛集》。没过多久，就在一家学术刊物上看到老王关于傅青主这本著作的考证论文，我才又知道，老王除了书画金石之外，还有对古籍的钻研和爱好。

家人团聚，老王的生活和情趣都平添了许多的生气。门前的平台上养满了各色花草，一家人就常常坐在花草中间吃晚饭，有时候吃着饭就会看见月亮。柔和的月亮柔和地挂在老屋脊的兽头上，柔和地打量着一个从山东辗转到太原来的家庭。

这盎然的生气也催发了老王的创作。那间不再是一片狼藉的屋子里常常有老王的新画挂出来。有时是老王邀我过去看画，有时是我自己信步走过去造访。于是，累累的葡萄，风中的牵牛，恣意的牡丹，枯寂的腊梅，横斜的残荷，云集陋室。我觉得这些时时更换的画面都有一种大致的意境，都有点像老王给我刻的那枚印章，很拙，很沉，有股压人的力量。我把这感觉告诉老王，老王常常是或者夹了一支烟，或者端了一杯酒，坐在他的笔墨之中笑而不语。老王的妻子有时也按照她的理解讲讲那些画，她说，山东老家的村子里有一个荷塘，就在家门口，一到夏天满塘开的都是荷花，满塘的红花配上满塘的绿叶，真是好看。一边说，一边还把手伸出来比画，嘿呀，这么大一扑子可真是好看。人家他爸，那会儿可是画了不少。听妻子这么说，老王还是笑而不语。眼前的这个女人，是他的糟糠之妻，一个糟糠之妻应该拥有和想要拥有的，老王都想给她。

1985 年作家协会从文学艺术界联合会里分出来，老王留在了文联。没过多久，文联有了新宿舍，老王就和我们分手迁进新居。又没过多久，就听说老王得了心脏病，戒了烟，也戒了酒。偶尔见到他，分明能看出满脸的病容。接着，就突然得到老王病故的噩耗。1987 年 10 月 2 日大家都去医院和老王的遗体告别。告别仪式上录音机里播放的哀乐，是那支全中国的殡仪馆通用的也是唯一的曲子。所有来参加仪式的人，全都按照城里人的格式一律臂带黑纱，再按照一律的格式鱼贯而入。老王的妻子和所有的孩子都来了，这一次，连那个不能把户口转到太原来的儿子也来了。一家人都是按照山东老家的习惯，全身惨白的重孝。老王的妻子扑在他的身边号啕大哭，是那种中国所有的乡下女人哭丧时都用的腔调。老王的妻子一边哭，一边说，你走吧……你放心……我把孩子们全都带好带大。老王的糟糠之妻惨烈的号啕声突兀在那个城里人的告别仪式中，显得格格不入而又刻骨铭心。

那时候，我正好在负责编辑《山西文学》，我和美术编辑一起到老王的新居去取他的国画，我们决定用发表遗作的方法来表达对一个画家的哀思。老王的妻子把丈夫的画抱出来放在桌上说，你们挑吧，我也不懂哪个好哪个赖。我们挑了五幅：一幅画石榴的题为“珠玑园”，一幅画水仙的题为“冰清玉洁”，一幅画公鸡的题为“前瞻”，一幅画荷花的题为“香远益清”，还有一幅依窗坐在风雨中的“郑板桥像”。五幅画占了全部的封二、封三和封四。我又为这五幅画加了一个大大的标题“为艺术而生，为艺术而死——悼念画家王莹”。老王死的时候只有六十岁。这六十年当中，老王一多半的时间都用来劳动和改造了，真正全心尽力画画的时间，只有七八年。作为画家，老王一生没有一次画展，没有一本画册。这五幅画所占的三个版面，是他最奢侈的一次展览。我深知这个补偿的可怜和可悲。但我还是决定为老王的画付当时我们所能付出的最高的稿费。我也深知这点报偿的可怜和可悲。

老王的妻子信守着灵前的誓言，要把孩子们带好带大。她找了一份工作，在一个自负盈亏的小书店里当店员。那是一个很小很小的店，从临街的门脸走进去仅够两三个人转身。小书店离作协不远。我上街的时候常常会路过，也就常常会看见老王的妻子。有时买几本书，不买书就说说话。她告诉我，大儿子洪诗现在也到太原来了，在文联开汽车；二儿子洪艺在工厂做工；小儿子洪哲考的职业高中，学美术，现在毕业了，还想考专科美术学校。她说小儿子最心细、最懂事。可她又说，考学校哪有那么容易，他那文化课不行，光会画画哪成呢。听她这样讲，我就又想起诗、艺、哲这三个字，这是困顿之中的老王特意选出来的三个字，是留给儿子们的，也是留给他自己的。这样想着，就一阵阵地辛酸。

老王的糟糠之妻娶自家乡山东临清，这个家乡的女人曾经上过几年学。结婚以后，老王对别人提起她，只说我老婆；孩子们只叫她娘。其实，她有一个正式的名字，她的名字叫屈秀珍。这个名字很普通。

1993 年 4 月 9 日中午完稿于家中

原载于《美文》1993 年第 8 期

# 留住真诚

在作家协会的胡同里遇上续小强、杨登峰两位同学的时候，我看见了他们的自行车，和他们鬓角上的汗水。他们把杂志递给我说，李老师，你抽时间看看吧，随便写点什么，写长写短都随便。下午的太阳闷在楼群的后面，胡同里热得像个蒸笼。两位同学骑了几十分钟自行车赶过来，是为了让我看看同学们自编自印的《我们》。他们说马上就要毕业考试了，从这几年在《我们》上发表的作品里选编了一个专辑，准备印出来，算是留一个纪念，想约我来为这专辑作序。尽管电话里已经事先约过了，可看见他们脸上的汗水和他们期待的眼睛，我心里还是不由得一热。

在此之前，我曾经和《我们》杂志的一些同学见过面。有时是因为我去山大讲座，有时是因为别的什么杂事。那时候，看见那么多年轻的面孔集中在一起，心里常常感叹：这些孩子们真是年轻啊。可一转眼的工夫，他们已经要毕业了，他们已经在为自己大学四年的生活做纪念了，跨出学校的大门，融入大街上熙熙攘攘的人群，他们年轻的面孔和他们也是年轻的生命都将不再显得特别，都将不过是那熙熙攘攘中的一部分——

青春真的是永远也留不住。

这两位来送杂志的同学不禁让我想起一段往事。二十九年前，我也是二十三岁，正好是现在的同学们大学毕业的年龄。我也曾经把自己的小说送去让人指教。那时候“文化大革命”正搞得轰轰烈烈，我是个响应伟大领袖号召上山下乡的知识青年。那时候我正从一个“红五类”变成了“狗崽子”，眼前一片灰暗，心里一片绝望。为了反抗别人强加给我的命运，那一年，我在吕梁山的邸家河村下决心写自己的第一篇小说，发了疯一样地要把自己用钢笔写的字变成纸上印刷的铅字。那时候在中国是绝对不允许自编自写办杂志的，那时候一切文艺创作都必须严格遵循样板戏的三突出原则，否则就是反党反社会主义。那时候有无数的人因为“利用小说反党”而被打成反革命。但是这一切都没有能动摇我近乎疯狂的决心。那时候，我们蒲县公峪公社一个叫郑秀珍的女知青，为了保护大寨田，跳进山洪被淹死了。这位女同学马上被追认为烈士，树立成全国知青的先进典型，上级指示县剧团创作一台以郑秀珍为主要英雄人物的革命现代戏。为此，县文化馆从襄汾县请来了一位专门写剧本的作家，他的名字叫吴昊。当时这件事情在蒲县轰动一时。这对于我是一个千载难逢的机会，于是，我下定决心，要把自己数易其稿的小说拿给吴昊老师看看，哪怕他只随便说上一两句什么。邸家河离县城六十华里，没有汽车，村里的马车一年也只去有数的几次，差不多要步行一整天的时间。因为听说邻近的南耀村的拖拉机要去县城，出发的那天我起了一个大早，天刚蒙蒙亮就出发了，书包里装着我的稿子和两个玉米面窝窝，邸家河的人都还没有睡醒，山谷里一片寂静，路边的草丛上挂满了露水。可惜，我还是刚刚错过了拖拉机。南耀村的老乡们说，咳呀，误啦，这会儿快到窗圪台啦。好在窗圪台不太远，只有二三里路。于是，我就追。因为山里交通不便，所以一旦有车去县城，就常常会被人拦住托付代买东西，那台拖拉机只能开开停停。追了一阵，我听见前面远远的传来突突突的马达声。被露水打湿的球鞋很快就在脚上烘干了。没过多久，烘干的球鞋边上又洇透了一圈汗水。突突的马达声一直在前面响着，反反复复地上坡，下坡，转弯，过河，身后渐渐升高的太阳越来越有力量。眼看追到离县城只剩下不到十里路的枣林村，坐在拖拉机上的人们终于看见后面远远的坡道上有一个人在挥手。他们停下来，等我满心高兴、满身大汗地爬上拖拉机的时候，大家都止不住地笑起来，都说，哈，这娃腿快，比拖拉机还快！挤在人堆里幸福地坐下，我才觉得小腿疼得要抽筋。在县城的东关饭店我花两毛钱要了一碗肉丝汤，就着热汤吃了书包里的那两个凉窝窝。吃完饭，直奔文化馆。幸运的是我要找的人正好在。吴昊老师当时看了我的稿子，提了几点意见，建议我重新再写别的。他当时具体说了些什么我已经记不清了，只记得他的意见和建议激起我翻江倒海的联想，而且是急不可耐地想立即把这些翻江倒海的想法写到纸上去。那天，从文化馆出来，我做出第二个超乎寻常的决定：不在县城过夜，立即赶回邸家河。翻江倒海的胡思乱想让我几乎陷入到臆症之中，沉浸在自己的幻想中，不觉得渴，不觉得累，也不大注意脚下的路，一个劲马不停蹄地往前赶，再一次反反复复地上坡，下坡，转弯，过河……六十里的一条大道，已经走过许多次了，可竟然几次误入歧途走进岔路，又返回来，等我终于回到邸家河的时候已经是半夜了。拐过山嘴，迎面看见东山顶上挂了一轮银盆似的大月亮，村舍山野遍被银光，温柔的月光下面，村口的老神树暗影幢幢，像一座苍老的庙宇。回到知青宿舍，同学们听见我的声音都跑出来，都说，李锐，你怎么又回来啦？一百二十里地，你小子他妈疯啦你？我只好笑而不答。后半夜，我被疼醒了，又硬熬着接着睡。第二天醒过来发现两条小腿又红又肿，脚疼得不敢沾地。村里的牛倌焕成的老母亲用白酒烧着了在我腿上抹，蓝火苗在腿上呼呼乱窜，吓得我又叫又喊。老太太揉着两只着火的手说，别说烫，别说烫，一说就真烫坏了你呀！火疗之后，真的消了肿，可一连几天疼得什么活儿都不能干。那一年的冬天我留在村里改小说，没有回北京，在我那间没钱生火的冻屋子里熬了整整一冬天。那篇按照样板戏的原则创作的小说，历时一年，增删、重写九次，最后终于变成了印在纸上的铅字。那篇小说的题目叫《杨树庄的风波》，发表在《山西群众文艺》1974 年第 1 期上。那是一本 32 开的小册子，装潢印刷远不如《我们》。而我的处女作，以现在的眼光看简直是一文不值，痴人说梦。回头看去，一个饱受阶级斗争之害的人，却要发了疯地按照阶级斗争的原则去写小说，真是一种莫大的讽刺和可悲。如今，青春变了，中国变了，历史变了，我对社会、对文学、对人生的理解也变了，变化之大有如幻想成真，有如沧海桑田……没有变的，只有一个人咬着牙留在心里的真心和勇气。

在看过五册《我们》和一册选辑之后，我还是想把自己的这段经历讲给大家听。我想说，文学不是任何一个别人可以教会你的。对于文字和人生的体验，只有付出了生命经历的人才会有收获，付出多少，收获多少。当一个人对另外一些人提起自己二十九年前的二十三岁的时候，他肯定是看到了自己的老之将至。这天下没有不老的人，正如这天下没有不死的人。记得在女儿四五岁的时候，有一次无意间谈起了一个深奥的“哲学问题”。我对她说，这个世界上的小孩儿都是好人，这个世界上的大人都是坏人。但是再坏的大人他也得生小孩儿，再坏的大人生出来的小孩儿也是好人，所以大人再坏，也没有办法把这个世界变成都是坏人的世界。女儿当时叫起来，她说，爸爸你说的都是什么呀？我都听不懂啦！现在，我的女儿也已经上大学了，我想她现在也许能明白这个再浅显不过的道理了。不错，千万年来尽管人类生生不已，可太阳底下并无新事，在一个用极端的权力建立神话的时代过去之后，我们又正在经历着一个用金钱和技术垄断全球建立神话的时代。这磨人的世道真不知把多少年轻人变得老气横秋，心肝全无。正因为如此，我尤其珍惜在《我们》的文字后面看见的这一群朝气蓬勃的年轻人。这群朝气蓬勃的年轻人，在大学四年的生命中留下了自编自写的《我们》，留下了自己的追求和向往，留下了拒绝同流合污的决心和行动，留下了时间难以磨洗的真诚。走出小学校门的人一转眼走出了大学的校门，走出大学校门的人一转眼成家立业走进了家门，走进家门的人一转眼又会看着自己的孩子长大成人走出家门……青春不再，人生易老，可如果一个人为自己保留了真诚，也就为自己保留了时间难以夺走的志气和追求。

就说这几句话吧，权且算作是把二十九年前的青春拿来和年轻人共度片刻，权且算作是把二十九年前一个讽刺而又可悲的梦想留作借鉴。

2002 年 6 月 10 日写

12 日改定于家中

# 谁的人类?

1989年3月底到5月初，应美国新闻总署之邀，我曾在美国游历了四十天。行程将尽的时候，邀请者问我，在加利福尼亚州的柏丽纳斯镇有一个“中国文化研讨会”，你参加不参加。我说，参加。于是就从旧金山去了柏丽纳斯镇。到了会上一看，才知道，除了我之外，与会者都是些大名鼎鼎的人物。我就想，那就只用耳朵，听吧。没想到，却听出一个非说不可的话题来。

会上有一位也是从外国来的白皮肤的教授，不断地批评和挖苦中国人。他是个“中国通”，据说当年曾经和“工农兵大学生”一起上过大学，所以讲一口流利的中国话。我听起来并无障碍。从普通民众、学生青年到知识分子无不指摘劣迹。因为他是“中国通”，他挖苦得常常就比较细，连一些中国艺术家脸上留着的“大胡子”也挖苦到了。不过，对于我们这些读着《阿Q正传》长大的中国人来说，这位教授的挖苦倒也并不太苦。终于，这位教授的话锋从“大胡子”转向了对整个中国艺术家的评价。他说他所认识的中国艺术家只关心一个问题，就是自己的创作怎么才能讨外国人的喜欢，在画家圈里就格外的明显。连续用了两天的耳朵之后，这一天的下午终于轮到我做“专题发言”。我告诉那位教授说，中国有一句俗话，树林子大了什么鸟儿都有。你说的那种只知道讨外国人喜欢的人肯定有，而且肯定还不少。这和我在美国几十天，天天在电视里都能看见的肥皂剧和多得不能再多的广告，是一码事，那都是垃圾。就像美国的垃圾不能代表美国的艺术家一样，中国的垃圾也不能代表中国的艺术家。我告诉他说，你认识多少中国艺术家我不知道，但是我所认识我所知道的艺术家、文学家都是非常真诚的艺术家，比如史铁生，比如王安忆，比如莫言，比如在山西我身边的朋友，比如我自己。说到我自己，我写小说从来就没有想过外国人喜欢不喜欢，甚至连中国人喜欢不喜欢我都不想，我只想自己喜欢不喜欢，我写小说的时候只想下面出现的这个句子，这个词，这个字，是不是我自己最满意最喜欢的，别的一概不管。我曾经和陪了我一路的翻译蔡先生开过一个玩笑，我说我就是掉进白油漆桶里也还是不管用，身上染白了心里也还是黄皮肤的中国人，一个人与生俱来的文化传统是无法选择的，就好像无法选择自己的父母一样。深刻地了解甚至精通一种文化是一码事；与生俱来所赋予、所体验、所经历的生命感受是完全不同的另外一码事。而艺术创作所依靠的恰恰是后者。我告诉那位教授，我笔下的人物大都是些吕梁山区的农民，他们手上拿的镰刀还是新石器时期就定形了的，他们播种用的耧还是两千年前西汉人赵过发明的，他们每天用来填饱肚子的食物是玉米面窝窝和马铃薯——他们自己管那叫山药蛋。但是，坐在牛车上用玉米面窝窝、山药蛋填肚子的人，和坐在汽车里用汉堡包、热狗、牛奶鸡蛋填肚子的人都是人，他们在人的意义上是一样的，是平等的。吃玉米面窝窝手里拿着镰刀的人，照样有他们的幸福和悲哀，他们的幸福和悲哀也照样是人的幸福和悲哀。我告诉他我有一句话——“人们都不愿意相信眼前的奇迹”。中国新时期以来的文学已经出现了堪称杰出的作家和作品，这个杰出不只在中国杰出，就是拿到国际上也照样是杰出的，只是有些人还没有了解、还没有认识罢了。比如莫言的《红高粱》就是这样的杰作。可是一说到作家和作品人们就总要说到“局限性”，其实人本身就有局限性，人只能有两条腿、两只胳膊、一个脑袋，而不能像螃蟹或蜘蛛那样有好多条腿；连地球都有局限性，它只能是一个大致的球体，而不能是一个任意多边形，它也只能非常单调地按照固定的轨迹围着太阳转，而不能天马行空到处自由飞翔。这实在是很大的悲哀。可这悲哀并不独属于中国的作家和艺术家。

所谓如鲠在喉不吐不快。那天下午，在柏丽纳斯镇当着许多“鼎鼎”的外国人和中国人，我心直口快地说了这些话，和一些另外的话。会后不少人向我致意表示赞同。尽管五六年过去了，那天下午会场上的气氛和场面依然历历在目。随着时间的冷却，当初那个“不快”的感觉渐渐平服了。但是，一个无法绕过的命题却越来越巨大地逼在眼前。那就是当中国的作家、艺术家们杰出而深刻地表达了自己的时候，为什么我们的表达只被看作是“中国的”而不被看作是“人类的”。事实上几乎所有欧洲和北美的杰出作家和作品，在被人评价的时候都会被冠以“深刻地表达了人类的处境”，“深刻地描写了人类的苦难”，“深刻地体现了人类之爱，和人的尊严与荣耀”，等等等等。在这个用“人类的”三个字所组成的神圣之山上，云集了所有欧洲和北美的艺术大师和他们的作品，需我辈仰视才见。如果真的有这样一个超民族、超国家、超文化、超时空的大写的“人类”，为什么中国的作家、艺术家和我们的作品就与此无缘？不仅无缘，而且还常常会被别人或是“无意识”或是“下意识”地排除在“人类的”之外。最有讽刺意味也最常见的是我们自己，也在做着这样的排除。难道中国人真的不在“人类的”之内？或者说，这个人类到底是——

谁的人类？

用卡夫卡和鲁迅做比较就尤其鲜明。卡夫卡 1912 年写出了他的《变形记》(1915 年发表)；鲁迅 1918 年写出了“新文化运动”的第一篇白话小说《狂人日记》；卡夫卡 1922 年写出了长篇小说《城堡》(1926 年出版)；鲁迅 1921 年底开始发表《阿 Q 正传》，并于三年后的 1924 年陆续开始了最具深意的内心独白式的《野草》的写作。

在《变形记》中，那个说德语的推销员格里高尔虽然变成了大甲虫，也还是逃脱不掉文明的欧洲社会对他的强求和压迫，也还是逃脱不掉自己内心深处那一套做人的规矩，并最终死于这些冷漠的强求和规矩；那是一幅关于“人的异化”的最绝妙也最触目惊心的缩影。在《狂人日记》中，那个疯了的弟弟在中国四千年的历史中竟然只看见“吃人”这一件事情，在中国的历史典籍中只看见“吃人”两个字；最可悲的是他只有在变成一个癫狂的疯子时，他才能看清历史的真相；他看清了真相，他在别人的眼睛里也就成为了一个不明事理的疯子。为了突出这个令人胆寒的疯人的两难处境，鲁迅先生在小说的序言里意味深长地将“真事隐去”，让那位正常的兄长大笑着告诉大家说他的疯弟弟“然已早愈，赴某地候补矣”。在这里，卡夫卡和鲁迅对各自的文化传统和社会现状，都坚持了一种彻底的批判和否决；都表达了一种深刻的、人被自己建造的文化所异化的无可逃避的处境。而《城堡》中的 K 和《阿 Q 正传》中的阿 Q，不但都只选了一个单独字母做名字，连他们的来历、籍贯、职业、长相也都同样是模糊不清的。K 在一个莫名之地，在一群冷漠如鬼魅的人们的包围之下，经历千难万险最终也还是无法进入那个可望而不可即的城堡。在这部没有最后完稿的小说里，据说卡夫卡设计的结局是：K 弥留病床之际，城堡来了通知，他还是只能留在村里而不许进入城堡。这是一个绝望的结局。而阿 Q 在经历了自己种种可笑可怜的“精神胜利”的努力之后，也终于因为莫名其妙的罪名而被枪毙。包围着阿 Q 的也是一群冷漠、麻木、可怕的人群，这一群人竟然因为阿 Q 是被枪毙而不是被砍头而感到无趣。阿 Q 最终被面对的人群所拒绝，没有姓氏，没有钱财，没有体面，没有地位，没有尊严，没有爱情，他最后甚至连为自己死刑画押的那个圆圈也没有画圆。阿Q的结局也是一个绝望的结局。在卡夫卡的笔下这个永远无法接近，永远无法战胜，永远无法终极判定的“城堡”，成为了一个荒诞的寓言和一个多义而又悲冷的象征。而永远无法确认自己、永远无法超脱自己、永远无法战胜别人、永远无法进入人群的阿Q，也是鲁迅笔下一个最丰富、最多义，也最令人悲哀的寓言和象征。如果说在《阿Q正传》中还因为一些具体的社会环境的描写，而可把阿Q只看成是中国人的象征，那么到了《野草》中，鲁迅先生就已经彻底地排除了具象的一切细节，达到了一种高度的抽象和象征：那个只乞求虚无和灰土的求乞者，那个破碎在灯影里的“好的故事”，那个毅然决然走向坟场的过客，那个于噩梦中“抉心自食，欲知本味”的死去的自己，等等等等。面对这令人无比寒冷惊骇的文字，就仿佛面对着一面不知年代、不知来历也不知作者的斑驳冰冷的巨大石碑，那令人费解却又直指人心的言说有如天启。

卡夫卡和鲁迅之间还有一个共同点，就是在他们从事文学创作的前后，都各自经历了一场历史的大事件：第一次世界大战对于欧洲文化传统和自信心的打击是毁灭性的；同样辛亥革命打倒皇帝，和随之而来的这场革命淹没在军阀血腥无耻的屠杀之中，对于中国文化传统和中国人的自信心的打击也是毁灭性的。

在这两场毁灭之中，欧洲产生了他们现代文学的奠基人卡夫卡；中国不但产生了自己第一位现代文学大师，也产生了自己新文化运动最杰出的精神领袖。正是表面上看来全面反传统的鲁迅成为了中国文化能够不死的象征和源泉。借用一句时髦的理论术语，鲁迅事实上已经成为了中国文化向现代转型过程中的“卡里斯玛”[1]。如果从这一点上来比较，鲁迅是远胜于卡夫卡的文化巨人。

我之所以这样不厌其烦地说出这些常识，实在是因为在这些大家都已经知道了的常识背后那个截然不同的判断：说到卡夫卡人们的和我们的评价常常是“人类的”“人性的”“人的”等等，总之，是超时空、超民族、超文化的。而说到鲁迅则往往是“中国的”“中国人的”等等，总之，是“有局限的”，“是一部分人的”。现在关于鲁迅的论著数不胜数，可有谁说过鲁迅的“人类的”意义吗？可有谁从“人类的”的角度出发看待鲁迅的文学著作？外国人不这样想也就罢了，我们中国人这样想过吗？

在这里又碰到一个常识。人们会说卡夫卡在绝望的时候并无另外的文化做依靠和希望，因而是彻底的绝望。而鲁迅在对中国传统文化绝望的时候，心里却还藏着对西方文化的信任，还盼望着把西方的“德先生”和“赛先生”请到中国来，因而鲁迅的绝望是还有希望的绝望，当然是有局限的绝望。但是我

---

1　卡里斯玛，即 charisma，原意为“神圣的天赋”，来自早期基督教。后来这一语汇被德国社会学家韦伯引入社会科学领域。他提出了“三种统治分类”，分别为卡里斯玛权威（亦称魅力型权威）、传统型权威及法理型权威。其中，卡里斯玛权威的特征是：建基于领袖超凡的个人特质、神奇的洞见或成就，并吸引跟随者尽忠和服从。

想，如果说在鲁迅先生的第一篇小说《狂人日记》里还有半句“救救孩子……”的“理想”，那么到了拿革命烈士的鲜血来治病的《药》，到了《阿Q正传》，到了《孤独者》，尤其到了《野草》，鲁迅先生以他极其彻底的怀疑和也是极其彻底的孤独，早已超越了狭隘的文化视野，而达到了对人的极其深刻的表现。

如果我们陷在东西文化的碰撞当中而难以看清的话，只要把聚焦的视点向后移动一下就会一目了然。曹雪芹的《红楼梦》算不算“人类的”文学呢？他的“落了片白茫茫大地真干净”的悲剧是不是“人类的”悲剧？是不是对于“人类的处境”的深刻的表达呢？再向前看：苏东坡，关汉卿，杜甫，李白，屈原……算不算“人类的”呢？就他们所达到的艺术境界而言，世界上可以与之比肩的人有几个呢？这里又遇到一个常识的问题。在有了萨义德的《东方主义》和所有“后殖民”理论的今天，我的这些问题早已不是问题，早已被理论家们“说明”了。当西方人在世界范围内推行了他们武力的和经济的殖民的同时，他们也更加深刻更加霸权地推行了西方的“话语权力”，因而我们这些西方以外的人只好站在西方话语的外边说话，只好站在那座“人类的”高山的脚下向上仰望。而其实那座高山原也不过是一座被一部分人用手搭建起来的山，并非全世界的人类共同搭建起来的高山。不过，全世界的人类共同自觉自愿只搭建一座山的事情迄今为止还没有发生过。我还是想回到常识。在有了这些所有的理论、所有的争论之前，人类不是已经有了许多许多堪称杰出的艺术作品了吗？这个世界上如果只有阿尔卑斯山，或是只有喜马拉雅山，只有乞里马扎罗山，岂不是太单调、太可怕了吗？世界上各个不同传统不同文化的艺术家们，难道是为了某个好理论才创作，或是为了“话语权力”才创作的吗？难道是为了表达“人类的”这样一个理念才动情地歌哭的吗？难道艺术是一个预谋吗？如果一切都是可以预设的，那人类这个物种该是一群多么乏味的生命！这一切似乎都是常识。可是一切的误解和错误却也都是从常识出发的。我在这里无意贬低理论，而只是想强调创作的不同。而事实上所有真的新理论的产生，也正是在对以往被旧理论设定了的世界的打破中获得的。也正是在这一点上它的魅力与价值和艺术是等同的——那是一种创造力的体现，那是一种对人的丰富。

我在评论我妻子蒋韵的小说集《失传的游戏》时，曾经对她的那些故事说：“这是活生生的与所有的古典和现代的理论都无关的人的处境。这是人在文化外套的极限之外被碰破的伤口。”其实，这也是我的自道，也是我对一切杰出艺术的看法和追求。可惜的是，现在满眼所见，到处都是故意制造的伤口，到处都是精心化妆的美丽。人们以这样的制造和化妆来换钱和惑众的同时，正在失掉的是自己感知幸福和痛苦的能力，正在失掉的是生命本身，是生命最为可贵的原创力。

当卡夫卡满怀悲哀和绝望，无可奈何地徘徊于“城堡”之外；当鲁迅断然拒绝了人群，孤独、悲愤而又一意孤行地坐在自己黑暗冰冷的怀疑之中；他们敏锐而深邃的内心被丰富的生命体验所充满的，绝不是“人类的”这三个字可以尽述的。

让我们坚守常识，让我们坚守自我，让我们坚守诚实，让我们在对自己刻骨铭心也是自由无拘的表达中，去丰富那个不可预知、天天变化的“人类”——当然，这只是对真的想从事艺术的人而言。

1995 年 5 月 21 日于家中

原载于《上海文学》1995 年第 9 期

# 生死与共
## ——悼念汪曾祺先生

5 月 16 日的午夜，朋友打来电话说，汪老今天在北京去世了。此前汪师母早已经瘫痪在床多时了，现在家里人都还把这消息瞒着老太太，都还不知道怎么才能把这事情告诉她。电视机的荧光屏忽明忽暗地在眼前闪，一时间，我不知道自己听到的、看到的都是不是真的。第二天向北京的两三位朋友电话询问，得到的回答是一样的，是真的，汪老是真的去世了。

初夏的太阳还是那么光辉灿烂。窗外的风扯着纱窗还是那么浩荡。街上也还是车水马龙人来人往。可是汪老死了。汪老已经不在这个世界上了。从此，这世界将是一个没有了汪曾祺的世界。其实，自己心里也明白，眼前的这个世界是一个每时每刻都在增减着的世界。只是那许多许多的别人的生死，那许多许多的别的增减，不被我所知，不被我所觉，而汪老是被我在心底深爱深敬的一个人。对汪老的敬和爱是我所感知的世界的一部分，是我自己的世界。如今，这个自己的世界又多了一道深深的缺口，有灿烂的阳光和浩荡的夏风从这缺口中涌流进来；从这缺口中，我看见许多陌生的车水马龙，看见许多陌生的熙来攘往的人，却再也看不见汪老了，永远也看不见了……

回想起来，从1987年4月云南之行和汪老第一次见面到现在已经整整十年。十年之中总共有七次见面。云南之行是第一次。随后，为了感谢汪老给我写的条幅，曾到蒲黄榆汪老家中面谢是第二次。1991年5月在广州共同参加台湾《联合报》举办的文学研讨会是第三次。1993年9月在瑞典大使馆欢迎马悦然教授的宴会上相遇是第四次。1994年1月台湾《中国时报》在台北举办“两岸三边华文小说研讨会”，和汪老同去同回是第五次。1994年6月在北京由《读书》杂志和法国大使馆共同协办的中法作家座谈会上相见是第六次。1995年12月在北京天桥宾馆，同为首届《大家》文学奖评审投票是第七次。十年中七次见面，实在不能说是多，可汪老是那种你见了一次就很难忘记的人。他的风趣，他的满肚子的笑话，他的谈吃谈喝，他的永远的宽厚和善良，他随口而出的对文学对人生的见解，他的永远也放不下的烟和酒，都叫人觉得他是一个真人，是那种通体上下从里到外都沉浸于生命和人生的人。汪老就像是从江南的田野上流过来的一条河，带着两岸的稻风和油菜花温暖的香气，丰满而又平和。

看着汪老永远嘻嘻哈哈的样子，你绝不会想到他当过二十一年的“右派”和“摘帽右派”，也绝不会想到他曾经被“控制使用”写过很多年的“样板戏”。对这二十一年，汪老只轻描淡写成四个字“随遇而安”；汪老只提出了一条建议：“我觉得卫生部应该发一个文件：为了保障人民的健康，不要再搞突然袭击式的政治运动。”掐指一算，汪老被打成“右派”的时候三十八岁，正当壮年，等到改正错划的时候已经五十九岁，离退休的年龄只差一年。一个西南联大中文系的大学生，一个才华卓著的作家，客居人世七十七年，却有二十一年的壮年岁月是在政治压迫和人格歧视中度过的，怎不叫人感慨万千！对此，汪老说“人到极其无可奈何的时候，往往会生出这种比悲号更为沉痛的滑稽感”，汪老又说这被打成“右派”的一代人“他们对世事看淡了，看透了，对现实多多少少是疏离的。受过伤的心总是有璺的。人的心，是脆的。这是没有办法的事”。看到这些话，才知道汪老的“丰满而又平和”是一件“没有办法的事”，这条表面上“随遇而安”的老河，却原来有过“极其无可奈何的时候”，却原来是把许许多多的曲折和血污深深地埋在了河水底下。看到这些话，才知道所谓“两岸的稻风和油菜花温暖的香气”的理想田园，在中国的现实的人间里本是没有的，那最多只能是一种“心向往之”。

汪老终其一生竟然没有放弃这个“心向往之”。

汪老曾经说过：“比较起来，我还是接受儒家的思想多一些。我不是从道理上，而是从感情上接受儒家思想的。”汪老说他很喜欢《论语》中的这段话：“暮春者，春服既成，冠者五六人，童子六七人，浴乎沂，风乎舞雩，咏而归。”看到这样的自白，你就会明白在1980年那样漫天遍地的政治宣泄和“伤痕”控诉中，在二十一年的“右派”冤案刚刚结束一年之后，汪老是怎么就能写出《受戒》那种甘洌如清泉的美文来的。那是一片至美至善的绿叶。可以毫不夸张地说，“文革”

以后，是汪老的《受戒》带领着中国“新时期文学”，走出了政治话语霸权的阴影的。在这篇小说的结尾处，汪老写下一句意味深长的话：“写四十三年前的一个梦。”隔着十七年的光阴回头看去，现在才体味出，汪老以自己六十岁的生命坚守着一个梦，不管这梦被人打碎过多少次，被人打碎过多长时间，汪老始终不移地把那些所有被打碎、被毁灭的碎片深情而又小心地收集起来，收藏在他那颗越来越衰老的心里，埋在河床最深最深的底层，终于有一天，在一个出人意料的季节和地方，盛开出一片出人意料的鲜花。孔子说，六十而耳顺。这除了对外在世界的认识和对内在世界的省察之外，恐怕还有一个更深的含义，是在说人对于宿命无违的接受，是在说一种精神的虔诚。

五年前，我在太原的一个旧书市场上搜到汪老的小说集《晚饭花集》，不知道为什么并不旧的书放在了旧书市场上。我立即买了两本。一本送朋友，一本自己留下。高兴之余在扉页上写下几行字：“一九九二年五月二十三日再赴太原书市，竟于特价柜台搜得汪老佳作，喜极。”写完这些字就看书，看完《徙》，我忍不住哭了。我知道自己很可笑。我自己也写小说，当然知道这一切都是汪老虚构的，而这一篇《徙》并不是这个集子中最好的，可我还是给汪老写信说了这一切。我还知道，在汪老的桌子上这一类的读者来信肯定不会少。可我也还是把那封信寄出去了。如今，汪老亲自送给我的，有他的签字和印章的五卷本《汪曾祺文集》就在书柜里放着。可我还是珍藏着这本《晚饭花集》。打开第 91 页，那个曾经叫我流泪的故事的结局，也还在那儿静静地等着有人来读它。故事里那个叫高雪的姑娘，美丽，浪漫，充满着对新生活对未来的幻想。可生活和命运还是把这个像花朵和白云一样美丽的姑娘弄死了。就像生活和命运曾经把汪老的理想和田园打碎、毁灭了一样。高雪死了。深爱高雪但却不被高雪所爱的丈夫死了。对女儿百依百顺充满希冀的高老先生也死了。许多年过去了，连高老先生住过的老屋也倒塌了。可是镇上小学的孩子们却依然在唱当年高老先生填词的校歌：

西挹神山爽气，
东来邻寺疏钟……

接着，汪老写道："墓草萋萋，落照昏黄，歌声犹在，斯人邈矣。"

如今，写下这个动人故事的汪老也死了。其实，这个故事是一个彻底的悲剧，并没有多少儒家的色彩和理想。也许，汪老自己内心深处比别人更清楚，他居住了七十七年的这个家园，在历经了五千年漫漫的岁月风霜之后，已经很难很难再放下他那个终生不移的梦。汪老把他的梦留在世界上，留给我们这些活着的人，他自己却流进了茫茫的冥河。凭着这些文字编织的梦，我们可以知道一个叫汪曾祺的人的存在。可以知道他曾经有过的喜怒哀乐，可以知道他曾经有过的温暖和凄凉。凭着这些梦，我们可以和死去的汪老在这同一个风雨飘摇又时时增减的世界上生死与共。

汪老走了。汪老走的时候，遇到的是一个阳光灿烂清风浩荡的日子。在他渺不可见的远去的背影后面，我们还可以依稀听到汪老深深的慨叹：

“墓草萋萋，落照昏黄，歌声犹在，斯人邈矣。”

1997 年 5 月 24 日于灯下

汪老所书庄子语“天地有大美而不言”犹在案侧

原载于《今日名流》1997 年第 7 期

# 阅读死亡
## ——悼念文友彭志明

平生第一次遭遇这样的事情：一位朋友的小说是和他去世的噩耗一起得到的，而这篇小说所讲的又恰恰是关于生死转换的故事。志明的土家族朋友黄青松在电话里告诉我：志明是在长沙突然去世的，去世前他说头很疼，几分钟后发现他已经倒在旅馆的浴室里。志明的妻子张菊珍，把志明去世前发表的最后一篇小说《三生无幸》寄给我们。菊珍说“我现在再也不能第二次读它”；菊珍说“他用这样的方式最后向我证明，要我体会他做出的结论：绝望”。可是，就在几个月前，我们还和志明一起到凤凰拜访沈从文先生的故居，一起吃他在路边橘园里买到的橘子，一起喝了酒听他半闭着眼睛唱土家族的“坡头腔”……小说里的死亡，和眼前这真真切切又难以接受难以相信的死亡搅在一起……菊珍说“我胸口很疼……志明教过我很多，但没有教过我这件事”。

把《三生无幸》读过一遍，再读一遍。一种深深的悲绝就沉没在志明转世而来的泪水当中。

在这篇小说里，吉首大学中文系的教书匠彭志明讲了一个民间故事，一个土家山寨里的民间故事，一个朴素单纯的故事。故事里的主人公就是转生在第四世的彭志明，彭志明在家乡巫师的帮助下漫游前世，讲他自己前三世的生命经历：第一世做了一头公牛，但却被阉了，勃勃的生命从此变成一件永远被鞭打、被奴役的工具。第二世做了一个男人，但这男人却只能以孤儿和光棍的身份了却一生，唯一给了他以“人”的温情和慰藉的，是一条曾被他“奸污未遂”可仍然以命相托的小母狗。第三世做了一只雄壮漂亮的大公鸡，但却不幸被孤身一人送进了寺庙，只能在幽深的禁闭中把雄壮的长鸣变成了哀绝的啼哭，而且是无人可懂的啼哭。这“此恨绵绵无绝期”的啼哭，竟然感天动地穿越时空来到今世，来到彭志明热泪纵横的脸上。读文至此，你不能不感叹志明对于人、对于人世的悲苦绝望竟至于此！在这样的命运面前，那些“爱情”的落空，那些“性”的苦闷和孤独，那些所有心想和身受的过程与细节，都抽象为一种对于生命存在的悲绝和追问：

这个世界上到底有多少“三生无幸”的生命？这个现世的苦海上到底有没有可以停泊生命的港湾？苦海茫茫，到哪里去找生命的慈航？一个永远不被温暖和照亮的生命又何以为生？又何必为生？

在如今这块被“旅游化”，被无数的文字、图片、影视定格为“天下奇观”的湘西的土地上，到底是怎么生出来如此的悲绝的？到底是怎么生出来这样刻骨的生命体验的？这一切和那个“天下奇观”的湘西何其的不同！和那个“世外桃源”的湘西何其的不同！这样的人间“风景”，和所有那些为满足猎奇，为搜寻“少数民族风情”而睁大的眼睛，又是何其的格格不入？在这相去霄壤的巨大的空白中间，彭志明抹掉泪水，写下自己生命的悲绝。让我们在生死的转换中看到生的艰难，和被这艰难碾压出来的绝望。

我们这些用方块字写小说的中国人，并非只是为了写出来“中国的小说”或是“写中国的小说”；我们要写的应该是不被国界和文化所局限的文学。半个多世纪前有一个叫沈从文的湘西人，把湘西和湘西人写成了文学，因此而把湘西永远地绘入了世界文学的版图。现在，有一个叫彭志明的湘西人，把一篇叫作《三生无幸》的小说留在世界上，留在我们的文学视野之中。

湘西的朋友们说，我们把志明送到山上了。湘西的朋友们说，那些日子一直在下雨，一直在下很大的雨，在经久不停的大雨中，湘西的沅江和澧水发了很大的洪水。朋友们说，我们不能把志明送回他的故乡去，就把志明埋在吉首大学对面的山上。在那儿，志明可以很清楚地看见学校，看见朋友们，看见他的家，看见菊珍和小女儿三千。

志明以四十三岁不幸早逝。一个人不会因为他的死而成为完人，但是，一个朋友的死会深深地击中你的要害，会无情地割断你已经习惯和麻木了的生命之流，让你顿起感慨万千。只是我们思绪万端的一切都已和他无关。这眼前的世界已和他黄泉永隔。不知他转世再想生个什么？更不知他是否还有意再来这个“无幸”的人世？志明，走好。

1998年8月15日傍晚，雨中哀记

原载于《湖南文学》1998年第11期

第三辑

# 语言自觉

# 语言自觉的意义

如果说产生于本世纪初的白话文是中国文化死而复生的依据和象征，那么身处世纪末的我们，在面对着“全球一体化”“全世界市场化”的后殖民时代，面对着文化大革命结束后“工具论”的白话文终结的时代，一种语言的自觉，一种在语言自觉前提下的表达和言说，就成为中国文化、中国人不被“一体化”的浪潮所淹没的最后的依据。

当我这个最不擅长理论的人以“非常理论”的语气说出上面这段话以后，我知道我是在又一次地简化自己，我是在把奔来心底的万千感受简化成一个口号，简化成一句人人都能看明白的标签。我心里明白，如此立论，先就把自己放在了一个尴尬而又愚蠢的地位上。为了躲避这种尴尬和愚蠢我也许可以采取“小说笔法”（这也是我的同行们对待难题时最常使用的方法），那样我就可以在“诗意”和“机智”中圆熟地躲过尴尬和愚蠢，同时也就躲开了对于追问的回答。我必须向各位申明的是，我的探究和追问并非出于对理论的热情，而是出于对横尸遍野的语言死亡的恐惧，出于对灵魂丧尽的语言麻木的焦虑，出于一个操笔墨生涯的人，对身边没顶而来的语言窒息的最直接的反抗。我更愿意把这叫作清理自己。还是让我回到正题。

白话文运动是一次在以武装占领和直接剥夺为特征的殖民主义洪水中的死里逃生。在全盘西化和彻底反传统的主调之下，是中国人渴望自立自强的强烈愿望。而这一愿望的实现，首先要做到的就是把有着五千年传统的自己埋进墓坑，鲁迅先生所说的“抉心自食，欲知其味”是这个处境最深刻的自白。“德先生”和“赛先生”是乘着船坚炮利的硝烟和血腥来到中国的——对于我们，这一杯起死回生的良药是何其的苦口！理论家和历史家们为了理论和历史的清醒冷静，总是劝说大家放弃感情。可他们和我们又都知道，正是因为有了煎熬人的感情，才有了历史的曲线和理论的动力。隔着将近一个世纪的岁月，当我们终于可以放弃中、西对立，进步、落后的简单线条，当我们终于可以不再把自己的历史只看作是对别人的简单重复的时候，我们也终于可以看明白，文言文之死，白话文之生，是一场言说方式的转换，是旧中心的死亡，是新中心的诞生，是民间对于庙堂的代替，是边缘对于中心的拯救，是弱势对于强势的战胜。几千年来自生自灭鄙俗卑下的白话，终于在硝烟和血泊中登堂入室代替了高雅经典的文言。在这场生死交替中，没有变的是我们仍然使用的源自象形的方块字（繁简体的变化并没有从根本上改变方块字作为独立符号系统的性质）。西方强势文化终于没有强大到能彻底同化源自象形的方块字。人类的智慧终于可以用一种完全不同的符号来保存和表达。而这样的“幸运”或“顽强”并非是所有的人都有的，世界上许多种族和国家，早已经在殖民主义的“同化”中永远丧失了自己的语言，永远丧失了自己言说的方式和可能。这个世界上已经有许多种不同样式的人的智慧，永远可悲地落在了无人言说，也无法言说的黑暗的深渊之中。其实，同样的中心边缘的转化，高雅俗鄙的替代，庙堂民间的颠覆，在西方世界也曾经发生过。现在优雅高尚的英语、法语、德语，当年在操着拉丁语的神职人员眼睛里都是些野蛮人的声音。为了有人胆敢不使用拉丁语宣讲圣经，还曾有人被杀，还发生过战争。而更有意味的是，作为西方文化核心部分的基督教的发源地并不在欧洲而是在亚洲。知道这一点很重要，知道这一点我们就可以明白欧洲也并不是一个从古到今的永远的“中心”。即便是在那个被我们大而化之所称呼的“西方文化”的中心之内，法国人、德国人、英国人也都在强调着自己的传统，也都在强调着自己与他人不同的声音。所谓文化从来就是一个不断生成和消亡的过程，从来就不是一个固定的或者“神圣”的僵死概念。这个世界上没有什么东西是可以永恒的。当四大古老文明中的三个都已经或中断、或灭绝之后，我们中国人更没有理由做那个永恒的美梦。白话文的诞生和普及只是中国文化艰难转型的第一步。我们应当永远记住李大钊、陈独秀、鲁迅、胡适、钱玄同、刘半农等这样一些名字，我们应当永远记住这些再造中国文化的先驱者。

但是，由于是在生死存亡之际我们扎起了自己白话文的木筏，由于在西风东渐的过程里西方文化取得了压倒性的胜利（共产主义的信仰，也同样是“西化”的产物，所谓马克思主义本就是欧洲文化许多主义里的一个主义），我们的白话文几乎一直是用来书写别人的价值和意义的，而且，是一种意义递减式的复写。因为是“复写”，我们大声喧哗，高歌猛进的姿态常常不过是一场没有自己声音的哑剧。对于这样的哑剧我们常常麻木不觉。我们对自己的白话文一直有一个致命的误会，我们一直把它当作“开通民智”“创造文学”的工具，一直把它当作宣传革命的有力武器，它永远是一个“人”之外的“他者”。既是“工具”，也就是一件随时可以拿起来也随时可以放下的东西。白话文建立之初的“废除汉字”“汉字拉丁化”的说法，最明显不过地说明了这种把语言文字视为“工具”的偏颇。（我在一年多以前的《我们的可能》一文中曾经对此做过论述。）在将近一个世纪的对于“工具”的使用中，我们越来越熟练，我们所借鉴和模仿的新潮，我们所表达的“主题”和“典型”，都是借助于“工具”而完成的，我们并未意识到自己的被“工具化”。而最终，这个万能的“工具”，耗尽了它最后的用途和能量。一个刚刚从边缘走向中心的民间的白话，竟然在这样短的时间内，焚烧成一片灰烬——中华民族灾难的深重，不仅仅在于灾难的无可逃避，更在于对这灾难命运的无可言说。

近一个世纪以来，我们几乎从来不对自己已经“习惯”了的白话文做认真的反思。我们至今也没有静下心来想一想，这个当初叫我们死里逃生的白话文的木筏，是怎么如此迅速地蜕变成体制化的精神枷锁的？我们至今也没有想一想，这个被我们认作“工具”的白话文，为什么只能照搬和重复别人对于“人”的定义？它又是怎么从被使用的“工具”而最后反过来把“人”变成了工具的？在世纪之初，我们为了死里逃生而“全盘西化”，操着白话文的工具对“德先生”“赛先生”做了一次复写。在世纪的末尾，我们为了“富国强民”，为了在“全世界市场化”中争得一席之地，还要再一次用白话文这个“工具”，再一次复写别人对于世界、对于进步、对于人的定义吗？当我们毫不犹豫地把自己的白话文纳入“全球一体化”的进程的时候，我们中国人作为“人”，可还有什么独立的价值和意义吗？是谁给了“一体化”这样君临一切神圣无比的权力和地位？在这个神圣的“一体化”的浪潮中，“中国”二字除了市场的意义和旅游的意义而外（旅游也不过是市场的一种），可还有什么任何其他的意义吗？“中国文化”这四个字，除了历史文物的意义而外，可还有什么鲜活的生命力吗？我们现在满目所见都是中国文化在市场和旅游的进逼之下的萎缩、死亡。我们现在满目所见都是在“全世界市场化”的前提下，中国人自然而然的自我取消、自我殖民化。对此，我们非但不警醒不反思，反而还要以“进步”的名义欢呼“后现代的文化狂欢节”。难道我们真的是如此的不可救药了吗？

我们从来就没有想一想这样一套符号系统，这样一套“工具”，是怎样规定了我们自身，它几乎就是我们永远也无法超脱的皮肤，几乎就是我们自己。我们拿着这个“工具”做了太多的“复写”，以致我们从来就不想想自己做成了什么，自己要表达什么，以致每当我们面对强势文化的时候，立即就会因为自己的一无所有而无言以对，而自惭形秽。好像就连我们的生命存在这件事情本身也成了问题——我们这样一群被“复写”的生命可还有什么价值可言吗？“人”的价值早已经被别人所界定了，“人类的”意义也早已经被别人所穷尽了，剩下的，就只有乖乖地坐在“全球一体化”和“全世界市场化”的餐桌上一言不发了。我们真的要永远落进别人的阴影之中了吗？难道生命是因为有了一个什么“深刻”“进步”的理论才存在的吗？在有了人类晚近以来这短短几千年的可以称之为“文明”的历史之前，不是已经有了人类几十万年的存在和发展了吗？在有国家、民族、文化、宗教、历史等这一切之前，在没有亚洲、非洲、欧洲、美洲的划分之前，在没有所谓发达国家、发展中国家的划分之前，人类的存在难道就是无意义的？难道就是荒谬的？谁有这样的权力来做这种狂妄的划分？谁又有权力把语言从生命之中剥离下来，再说这是“高贵的”“进步的”，那是“低贱的”“落后的”？一个自以为可以为人类做上帝的人，岂不是一个最愚昧最可笑也最少自尊心的人吗？

我们不能不承认，语言和生命缠绕之深，是和我们的头脑、四肢、内脏同等重要的。在我们有了身体四肢这样一些“可见”的生命体的同时，我们还有“不可见”的听觉、视觉、触觉、感觉、思维和语言的能力。可见和不可见的相加才是人的全部。正是在这个意义上对于语言的自觉，对于不同语言的不同的自觉，才具有了对“人”的丰富，才具有了对于生命的不同表达。

也正是从这个意义上才能理解白话文的产生，对于中国人生死存亡的重要性。在看似“被动”，看似“被现代化”的表象下面，是中国人艰苦卓绝的主动的生命抗争。只有从这样一种语言自觉的意义上我们才能理解，新文化运动以来中国人的全部言说的意义。只有从这样一种语言自觉的意义上，我们才能分辨中国现代和当代文学中，哪些是对别人的复写，而哪些才是我们自己深刻的独唱。只有从这样一种语言自觉的意义上，我们才能毫不犹豫地说鲁迅的作品、沈从文的作品是对人类精神和情感的一种丰富。不从这样的意义上看待中国的文学史，我们将永远不会有自己的文学史。

在将近一个世纪的白话文的叙述中，有一个最为普遍的通病：我们的叙述要么在别人的偏见和自己的“固守”中变成一种“方言”式的独白；要么又在对自己的迷失和对别人的臣服中变成一种苍白的转述和模仿，而且转述模仿得天花乱坠。于是，一个世纪以来，我们要么是别人眼里的一种古董，要么是以“地方文学”的身份被安排在世界文学版图的角落里。这种“失语症”的根源，就在于没有自己的语言自觉。

在那个“工具论”的长期的遮蔽之下，在对别人无数次的复写之中，我们中太多的人，也包括我自己，我们中太多的作品，也包括我的绝大部分作品，从来都不具备文学艺术的独立品质。这很令人悲哀。更令人悲哀的是连我们的许多“先锋”们，也不过是在重复着别人的姿势和语调，而且重复得扬扬得意浑然不觉，而且被一些末流的理论家们夸赞为大师。我们一日不从这样盲目的膨胀中清醒过来，我们也就一日不会有自己的文学。在这个“后现代”和“后殖民”的时代，西方人“进步”的经济车轮，早已经在“贪婪攫取性”的推动下碾碎了信仰，也碾碎了原来的“人”的定义。（见丹尼尔·贝尔《资本主义文化矛盾》）对此，没有清醒的体察和认识，还偏偏要浑然不觉得意扬扬地复写，无异于躺在棺材里的撒娇。其实，欧美国家中真正的艺术家和作家们，早已经不再为那个大写的“人”添砖加瓦了。在他们对自己严酷的自审和解构中，我们所看到的是越来越没有神圣可言的人和世界，我们所看到的是越来越荒唐荒谬的人的处境和存在。当神圣和荒谬同时向我们涌来的时候，我们所遭遇的是一种“双向的煎熬”。这份无人可懂的煎熬，带给我们旷世的孤独和悲凉。我们自己这块产生过最古老文明的土地，也产生了人类历史上最长久的专制主义，如今在“全世界市场化”的进程中，我们这块古老的土地上专制和金钱的衍生物遍地丛生。没有了大写的“人”，你几乎毫无生存的可能，人的让位，只能导致衍生物的疯狂。可如果你忘情地投身于大写的“人”当中，你却又最可能长成一个最粗最大的专制主义的怪物。这就是我们再真实不过的处境。我们的情感、思想、精神和整个的生命都在这个两难的处境中煎熬。我们所有的言说和创作也都从这处境中产生。生命的体验是一件最不可能重复的事情。一切真正的艺术的不可重复性，也正是从这个体验的不可重复性中得来的。对于别人的“荒谬”体验的照搬，对于别人的“存在”体验的照搬，越庄严越正式也就越滑稽越可笑。我们现在要做的是对白话文的再一次创生，我们现在必须要做到的是对自己已经获得的言说方式的创新。否则，我们将一无所有。否则，我们将会像所有那些已经灭绝了的文化一样，永远陷入无语的深渊之中。

如果一定要对“语言自觉”做一个说明的话，我想，对我们自己这个前无古人的“双向煎熬”的处境清醒、深刻的认知、体验和表达，才可以称得上是一种自觉，一种前所未有的对于人的自觉，对于人的言说本身的自觉。当我们终于放弃了对大写的“人”的神圣幻想之后，我们不会糊涂到把语言再抬上神圣的祭坛。我们更是在对语言的遮蔽和缺失的体察中，深深地体验了人之只好是人，人之只配是人的悲剧。这个处境所带给我们的思接千载的情感煎熬，是我们生命存在的最有力的证明，他用不着任何一个别人来界定。

其实，在这遮天蔽日盲目复写的浊流中还是有一些独立清醒的声音的。在新时期文学艰难往复的迂回中，还是有人渐渐地停下了手中的“工具”，开始了对“文本”的关注。还是有人渐渐地唤醒了那个把痕迹留在纸上的叙述的自我。比如莫言在他的《红高粱》系列和《丰乳肥臀》中充满了生命元气的辉煌的语言宣泄。比如韩少功用他的《马桥词典》的“语词之镜”，对世界、对语言、对人无比丰富又无比多义的解构式的表达。比如史铁生从不停止的对于人的困境的追问，和他在呈现这困境时给叙述留下的更大的困境。比如成一的很少被人注意和阅读的《游戏》对于叙述的延伸与丰富，和在这延伸与丰富中获得的荒诞和沉重。如果不故意装作谦虚的话，我晚近以来的《无风之树》和《万里无云》，也是在意识到语言自觉之后的尝试和追求。我知道写在这里的是一个过分苛刻和过分狭窄的名单。何况这份片面的名单还缺少了短篇小说和中篇小说。它的苛刻和狭窄是因为它不过是我的一人之见。我从来就没有，也不敢有“叫大家都高兴”的奢望和兴致。更何况，在我的论述中根本就没有谈到诗歌。我不懂得现代诗。我根本就没有谈论现代诗的资格。在我听不到诗歌的耳朵里，倒是常常能听到诗人们绝望的愤慨和叹惜，倒是常常能听到诗人的死讯。所谓物伤其类。在这一片遮天蔽日的复写的浊流中，诗人死后，就该轮到语言了。语言死后，天地间就只能留下地久天长的空旷和寂静。我一直理不清中国诗歌和白话文的关系，我弄不明白，它们之中到底谁是春天，谁是冬天。

我深知以自己这只粗陋的筐子，从理论的井里是捞不上一滴水来的。我不过是在把自己感觉到的语言的焦虑放大了给人看。我真心地期待着理论家们和我一起回过头来，看一眼我们身边这片弥漫着死亡之气而又生生不息的语言之海。

我们用不着谦虚和谦让，我们是中国文化当然的批判者和继承者。我们用不着谦虚和谦让，我们是西方文化和一切外来文化当然的学习者和批判者。我们也无从逃避和选择，我们是一群用源自象形的方块字表达自己生命的人。我们所要做的事情和伟大、永恒、进步无关。我们不过是要找到独属于自己的言说方式。我们不过是希望别人也能听懂我们的言说。我们不过是要在这刻骨铭心的言说中告诉自己，也告诉别人，在这颗叫作地球的星星上，曾经有许多许多的生命像我们这样存在过。

1997 年 12 月 13 日傍晚完稿，16 日增写，20 日改

1998 年元旦改定于太原

# 自己的歌哭

近几年来对语言和文体的自觉与重视，越来越成为热门的话题，以致叙述文体或说叙述语言的新与旧已经成为先锋与落伍、活文学与死文学的分水岭。现在，我们可以说“新时期文学”，在经历了十几年徘徊和曲折之后，终于走向了有深度的自觉。

其实，自世纪初的白话文运动以来，中国作家一直在寻求，也一直在调整着自己的叙述方式，以求达到与日益现代化的世界的沟通，以求达到对于日益深刻化的自我的表达。这种自觉的追求，在我们这里曾经被不言而喻的政治的疾风暴雨所淹没。然而百折不挠填海不止的精卫们，终于再一次落足在自己语言的岛礁上，面对乱石穿空惊涛裂岸。

但是，我们这个有五千年传统的民族，近一个多世纪以来，却常常露出一种儿童般的焦躁和不安。当我们刚刚咿咿呀呀学会了现代意义上的白话，甚至还没有来得及和世界好好对话的时候，却又忽然“发现”，它已经陈旧，它已经把人工具化，它已经成为遮蔽我们表达的障碍，它已经成为缠绕生命的枯藤。可冷静下来，细细一想，这实在不是我们的“发现”。

当西方经历了意识流，经历了弗洛伊德，经历了安德烈·布勒东们的“无意识自动写作”，又经历了博尔赫斯魔术般冷静鬼奇的“后现代”语言之后（我把博氏算作广义的西方），我们原以为的那个自己的“发现”，就令我们陷入一种尴尬——我们不过是“发现”了别人的发现。我们不过是站在许多大师们的语言所汇聚成的汪洋大海的岸边。

鸟会鸣唱，老虎会吼叫，人会说话（书面语言也是说话）。生命所发出的声音原本就是生命的一部分。然而，现代化的过程，也恰恰就是一个人的工具化的过程。从最初的刀斧到机械手，人丧失了原初的手。从独轮车到喷气机，人丧失了脚和腿。从单筒望远镜到射电望远镜，人丧失了眼。尤其是当我们在电视里看见那个浑身上下被包裹在臃肿的宇航服里的宇航员时，我们已经不大能确认他是人。人类最辉煌的现代科技，到此已经把人彻底地工具化。隔着那个闪闪发亮的金属壳，一切所谓的明眸皓齿，所谓的傲岸端庄的鼻梁，所谓的优美的人体曲线，所谓的高雅翩翩的风度，显得多么格格不入呀。甚至连他们的性别我们都无法区分。这个裹在宇航服里的宇航员实在是一个现代人的寓言。于是，人们又焦急万分地，把自己从那身现代文明的服装里剥离出来，为了看到自己甚至不惜赤条条地露出全部的精神和肉体。于是，我们也跟着脱，先脱下马褂，后脱下长袍，再脱下中山装和刚刚买来的时装，到最后我们会发现，露出来的裸体还是不一样，一种是白色，一种是黄色。于是，我提醒自己：你不是现代派，你压根就没有穿过宇航服。于是，我告诫自己：你更不是传统派，中国的传统早在一百多年前圆明园那场大火中烧毁了。于是，我问自己，那么你是谁呢？你往哪儿去呢？又有谁愿意来倾听你灵魂的歌哭？

不知道。真的不知道。

唯其不知道，所以我从来没有气吞山河的勇气，自命为先锋。因为不知道，所以我从来没有指点江山的气概，告诉别人说，这是死文学，那是活文学。所能坚守的，唯有不知的自己，和自己无以诉说的歌哭……

我们借以立足的这块语言的礁岛，难道真的会拯救你，甚而给你渴望的荣耀和永恒吗？只要想想我们居住的这颗星球上，已经有过不知多少次的大海和高山的替更，那么立在这块礁岛上的就不该是一只信心十足的报曙的公鸡。

1991 年 5 月 17 日上午于家中

原载于《小说月报》1991 年第 7 期

注：这篇限字短文是应《小说月报》之邀而作，子干先生本是要我谈谈《传说之死》的。《传说之死》是我《厚土》结集近三年后所写的第一篇小说。也是《厚土》之后，想另辟新径的第一次尝试。尝试的结果我不满意。既不满意，也就不用专门谈它了。但我感谢《小说月报》对一个作家尝试的理解。

# 我们的可能
## ——写作与“本土中国”断想三则

一

中国的作家和诗人们最大的幸运和最大的不幸都是因为一件事情——我们在表达自己的时候使用的是源自象形的方块字。使用源自象形的方块字，使得我们在世界众多的拼音文字中卓尔不群。使用源自象形的方块字，也使得我们的诉说常常成为一种无人可懂的独白。

如果我们承认每一种不同的语言文字都是一种不同的人类智慧的表达方式，那么我们在获得了“最独特的”承认的同时，也就获得了最孤独的处境。如果在世界上众多完整成熟的文化种类和族群中做一个鉴别，就会发现，我们几乎是唯一的从象形的原始思维方式出发，最终发展成为以源自象形的方块字为标志的悠久文化。（虽然世界上也还有古埃及人、玛雅人和另外的一些象形文字，但是他们要么中断和流逝了，要么没有像中文这样极大地发展和成熟起来。）当别人从象形向拼音变异和转化的时候，我们的祖先却顽强地把象形为根源的文字变成一片茂密的森林，并且早在公元前 221 年就统一了自己的文字。

——我们真是一群充满“象形”基因的生命。

近一个多世纪以来，中国人尝够了这处境的封闭和苦处。以致竟有人大声疾呼“废除汉字”；以致竟有人痛心疾首地说“不要读中国的书”。世纪初的新文化运动的主将们都是些深通文字的文化人，所谓“春江水暖鸭先知”，先知者也最先体味了那一份无人可懂的孤独。不管现在看起来他们的口号有多少漏洞和偏颇，但是你得承认，这些先行者们在企图开创一个“新文化”的时候独具慧眼，他们首先选中的攻击目标，就是被中国的文人们使用了两千多年，写下了无数辉煌典籍的文言文。随着《狂人日记》里那位“狂人”惊世骇俗的疯癫的“白话”，中国从此告别了“文言”的历史，而开始了“白话”的新纪元。时间可以使人从癫狂中冷静下来。现在我们终于可以看清楚了。当中国的文人们打碎了自己传统的表达方式的时候，他们也就理所当然地打碎了自己凭以立足的大地。为避免没顶之灾，匆忙之中，他们选择了面目含糊不清的“白话”。打开“新文学”的史料，那些早期白话小说的生硬拗口令人难以下咽。它们大都是一些翻译腔再加上生冷不化的书面语。当年胡适先生曾经敏锐而又冷静地指出过，白话其实并非是一个从天上掉下来的怪物，它的渊源可以一直上溯到一千年前的唐人小说及其后的宋元话本。所谓话本，其实就是在民间流传的以俚语俗腔讲故事的脚本。而中国文学史上四大古典名著中的三部，都是以话本为基础再由文人们编撰创作而成的。它们中的第四部《红楼梦》，更是采取了“京白”为主要的叙述语言。这些现代人眼中的经典名著，当初却因为它们“白话”的俗言俚语，因为它们与官方话语的种种不同与相互抵触而遭到鄙视，甚至被列为“禁书”而查禁。除去这个千年的渊源而外，新文化运动的先行者们还以文字接通了身边那个口语的海洋。数千年来这个生生不息的口语的大海，一直因为它的卑下和鄙俗而被断然排斥在“雅驯”的经典的文言文之外。借用陈思和先生创见性的观点，白话应该属于“民间话语”。于是，我们就可以清楚地看到，新文化运动的先行者们，在借来西方的火种以求对民众启蒙的时候，他们被迫在匆忙之中寻找立足之际，竟然不自觉地把脚插进了“民间”。历史就开了这样的玩笑，启蒙者所操作的是被启蒙者的“话语”方式。（另一方面，这个悠久的“民间”又正是中国几千年极权专制最深厚的根基和土壤。这使得像鲁迅这样的启蒙者陷入了几乎无解的“悖反”的死角之中。而“民间”的这种性质，至今也并未得到根本性的转变。）因为匆忙，又因为不得不匆忙，新文化运动的先行者们断然只把这民间拿来的白话当成了“工具”。和文言文与文人彻底的同化、彻底的“文”“人”和一不同，这个从民间匆忙借来的白话只是工具，只是“开通民智”和“创造文学”的工具，只是临时为了应急而拿在手上的代用品。既然是工具，也就永远是一个“人”之外的“他者”，是一个可以临时拿起来也可以随时放下的东西——这真是一个致命的误会！

语言不是工具。语言从来就不是工具。语言是和我们的四肢、五官、心脏、大脑一起组成“人”的重要的一部分。如果说从解剖学和生理学的意义上人还不能和某些灵长类的动物明显地相区分的话，那么从语言产生的那一天起，人就把自己从万物之中彻底地区分出来。语言几乎可以称为人类最初的也是最后的标记。

纵观新文学史，纵观自新文学至今的文学史，“工具”日臻完善，使用也日趋成熟，我们操着这“工具”，借鉴和模仿了一次又一次的新潮，表达了一个又一个深刻的主题和思想，描述了一个又一个的“典型人物”；但是，“工具”还是“工具”，我们从来也没有把自己的语言上升成主体，上升成与人并重的“本体”。老舍和赵树理有了更进一步、更自觉的向民间的靠拢，口语的大量运用，市井和乡村生活的大量描述，使得他们更具民间色彩。然而，终因主题、人物和情节之累，他们的民间口语终未能脱出工具的本质。他们的“生活化”的语言，也还是仅仅为了表达主题和服务典型人物而存在的。我们还是不能体会到像读卡夫卡、乔伊斯、纳博科夫和福克纳的小说时，所体会到的那样一种叙述——一切的浑然如一的体验。尽管我们中的绝大多数人读到的只是中文的译本，但我们还是能够体味到那种倾诉的瀑布对人的淹没。

一个没有语言自觉的文学史，就是一个有着巨大欠缺的文学史。一个不能获得语言自觉的文化，就将永远陷入无人可懂的“独白”的阴影。

当然，有着严格语法语义的西方人的拼音文字，自有他们悠久的二元哲学和试验室科学为传统，自有他们的古希腊、古罗马和基督教的辉煌文化和艺术为传统，他们的语言意义上的自觉也只是近代以来的事情。我们理解和知道了他们在拼音文字文本意义上的革命和自觉，并不能因此就代替了我们源自象形的方块字的语言自觉和革命。因为我们有着与别人完全不同的文化传统。我们与他们是不同类型的人类智慧。就像一个人的父母是不可以自己选择的一样，一个人的文化传统也就是他与生俱来的宿命。虽然东山上的太阳和西山上的太阳都是太阳，但是，我们知道那本不是同一个太阳。

当历史留下了巨大的遗憾和缺陷的同时，或许也为我们留下了一种可能。我们应当在这个可能之中播下方块字的种子，以中国人的生命之血滋养出一片参天的森林来。如果不能，就让我们以自己的血肉和文字朽腐成自己的土地，以期来者的播种。这需要勇气，更需要对于宿命的坦然。

## 二

自戊戌变法以来，一个多世纪的改朝换代，一个多世纪的疾风暴雨，一个多世纪的沧桑巨变，中国早已不是过去的中国。当我们用“本土中国”这四个字表达中国的时候，我们深知，“本”已非本，“土”已流失。就连我们使用的“最独特的”语言文字，也已经大量地渗入了他人的声音和语意。但是，当我们来表达这一切的时候，我们所使用的依然是源自象形的方块字。当世界四大古文明在历史的风风雨雨中纷纷中断、流逝、消亡的时候，只有凝聚于源自象形的方块字的中国文化竟然以不可思议的力量和韧性流传至今。这是一个奇迹。这也是我们无可摆脱与回避的宿命。

回想起来，中国可真的有过一个一成不变的“本土”么？夏商之于西周，春秋之于汉唐，明清之于民国、之于今天的改革开放，中国可有一日是在不变么？

既然在千百年的历史中有许多个民族，有许多种文化都曾经汇聚激荡在这块土地上，并都最终凝聚在源自象形的方块字之中，我们今天为什么不能以方块字面对“现代”和“后现代”呢？尽管我们需要面对的是一场“三千年未有之大局”。我们难道有理由一定要要求一个一成不变的“本土”么？我们有这个向历史撒娇的必要吗？在这个不是被历史所淹没，就是在历史中获得新生的巨大的挑战面前，又有谁愿意听你的撒娇呢？当历史的洪水灭顶而来的时候，它从来不问你是否准备好了一只可以逃生的方舟。

## 三

书面化的文字相对于千差万别变动不居的日常口语，就有如贝壳相对于大海。如果有一天大海平息了，如果有一天有一种语言不再被人们诉说和使用，贝壳也就会因此丧失了生命之根，而断然失去夺目的光彩。写作的意义，就是一次又一次地挣脱贝壳的束缚向生命之海的忘情的回归。

也许我应该对自己做一点个案分析。

在长年的写作之中，在许多年对前人和同时代人的阅读中，我早已“自然而然”地“下意识”地“习惯”了书面用语，并常常以之为“雅”，以之为“美”，以之为是“艺术的”和“文学的”。固守在这个书面语的岛礁上，渐渐地，竟然忘记了身边那个喧嚣不已生生不息的口语的海洋。以高度控制和简洁内敛的叙述所完成的《厚土》系列，应当说是我自己这一时期的书面语言的至高点。也许，从固有的角度出发和前进会省力一些，就像一枚弹道导弹，升至高空，便可按照既定的轨迹准确地垂落。可是，我有些不甘心朝着那个已知的目标落下去。站在这个书面语言的岛礁上，我渐渐地被身边那个口语的大海所吸引，我被那个叙述就是一切的境界所诱惑，在经过一番迂回之后，我终于以口语倾诉的方式完成了长篇小说《无风之树》。接着，又完成了长篇小说《万里无云》。我不再只想把文字的贝壳摆放得或者精致或者复杂，或者像人们说的那样“史诗”般的恢宏。我希望着打破这些贝壳，和贝壳们与主题、人物、情节以及史诗之类的东西所组成的堤坝，我渴望着把滔滔的大海引进我的小说里来……我真是太狂妄了，我真是太不自量力了……就像是站在悬崖上的纵身一跳，明知会粉身碎骨，但却舍不下那片刻飞翔的欢乐……人并非只为了成功才活着的。也许撒下的是龙种，收获的却是跳蚤。也许渴望看见森林的眼睛，却只看见了大漠的孤烟。可我还是禁不住想试一试。我在自己这片糟杂混乱毫无语法和秩序可言的口语的林莽中，体会到一种从未有过的丰富和自由。在《无风之树》中初尝了叙述就是一切的滋味之后，我又想在《万里无云》中走得更远，我试着想把所有的文言文、诗词、书面语、口语、酒后的狂言、孩子的奇想、政治暴力的术语、农夫农妇的口头禅，和那些所有的古典的、现代的、已经流行过而成为绝响的、正在流行着而泛滥成灾的，甚至包括我曾经使用过的原来的小说，等等等等，全都纳入这股叙述就是一切的浊流。做得如何我不知道，我只是凭着直感做了全身心的投入，做了那忘情的纵身一跳。

我不敢掠人之美，把从外人和前人手里借来学来的东西都算成是自己的“创造”。我只是有些不知何以名状。我也不愿以“先锋”自诩。尤其是当“先锋”这两个字在当下的中国已经变成了时髦的招牌的时候，我就更加不愿意用它。我们所使用所书写的这些源自象形的方块字，都是已经被中国人书写和使用了两三千年之久的东西了。关键在于你能不能为它们注入新的血脉，而不在你是不是先锋。新文化运动的先行者们，已经把源自象形的方块字和中国人千年的口语之海开创性地联结在一起了。我们所要做的，只是要把那个打开的堤坝再敞开一些，只是向那个大海的深处再潜深一些，只是再把更多的海水和波滔引到我们的文学里来。在这个口语的大海之中有中国人所有的悲哀和欢乐，所有的过去、现在和未来，也有刻骨铭心的属于整个人类的生命的体验。所有的“主题”“人物”“情节”，所有的“历史的”“哲学的”“深刻的”，和这个大海比起来不过是沧海之一粟。我们没有理由把刚刚获得了一次解放的源自象形的方块字，再一次地囚禁在“书面语的文学”的岛礁上奄奄待毙，就像它曾经被关在文言的围墙之内临危濒死一样。我们也没有必要把中国人的语言之海，染成大西洋或是亚马孙河的颜色。

我曾经说过，我最不愿意见到有人看了《无风之树》之后说，“这是写的农村题材”。之所以不愿意，是因为这个“农村题材”的说法实在和文学相去万里，实在是风马牛不相及。我们只要稍做一点语义的考证，就会知道这是一个准军事的用语。新中国建立之初，一个以游击战的方略最终立国的政权，在兴奋和激动之余，不免就把自己的军事成功推而广之。于是，我们就有了工业战线、农业战线、卫生战线、文化战线、教育战线……又为了领导统一和宣传统一方便之计，于是，一切艺术创作便就有了“工业题材”“农业题材”“军事题材”“卫生题材”之说。一时蔚为风气。殊不知这题材那题材是一种武装斗争的遗风，这战线那战线是一种语言暴力。叫我不解的是，“新时期文学”的“新人”们，怎么还是这样口出“暴力”而不觉呢？为什么我们说起福克纳的农庄和黑人的俚语来就恭恭敬敬，言必称“文学”而且是“纯”的？为什么我们提起乔伊斯那些几乎不可翻译的都柏林“方言”和“杂语”，恭敬得如听圣言，从来不敢说那不好懂，只说自己还没研究懂呢？既然都是文学，就该无论中国外国一概以文学和艺术论之。既然都是人的语言，就该无论是拼音的英文还是源自象形的方块字，都以人的语言对待之。倒不是说中国的作家都已经成了“大师”——外国的作家们够称“大师”的也寥寥无几。而是说我们不该从心里、从下意识之中这么地不平等，这么地“被殖民”而不觉，这么地“被暴力”而不痛。就像我们不能把写了美国南方农民的福克纳称作“农村题材小说家”一样，我们也绝对不能把写了许多“种豆”“荷锄”的陶渊明叫作“农村题材诗人”。这实在是一种呜呼哀哉的谬论。我希望文学同行们能够以文学之名清除这一类近乎垃圾的语言暴力。

我真心地期盼着对《无风之树》和《万里无云》的批评。当然，那是从文学和语言出发的批评。我愿与同行者一起为文学而努力。

或许，我们这一代人，我们这几代人的努力都将朽腐为脚下的黄土。那就让我们和我们的文字一起朽腐为土吧。就让我们随着时间的长河默默无闻地流失吧。总有一天，在那非人所料的去处，我们会用我们的死沉积出一片叫作中国的广阔的沃野来。在那片沃野上会有林木参天，会有流水淙淙，会有鲜花盛开，会有虎啸猿啼，会有百鸟啁啾。只是不知道，那时的人们还记不记得，在很久很久的千百年前，有人用源自象形的方块字记下的一首祈祷丰收和幸福的古歌：

土反其宅，
水归其壑。

昆虫毋作，
草木归其泽。

不管有没有想象中的那片沃野，不管这想象是不是一种自欺，不管有没有人记得这支古歌，一切都将和我们无关。深埋于厚土之下的我们将无从体察。不管我们有多么悲哀和喜悦，历史将和我们的生命无关。就像冥冥的历史之河，正在渐渐地和屈原与李白无关一样。就象冥冥的历史之河，已经和许多有名的无名的人无关一样。历史也终将和我们无关。所有关于永生和永恒的想法都是可笑而又虚妄的。永存的只有这如大河一样滔滔不息的生生死死的转换。它从来不因为我们的希望或绝望而改变这转换。每思至此，悲从中来。我们终将变成等待播种的泥土。或许，永远无人来播种。那我们就将变成冷寂无语的荒漠与苍天对视。那就让我们接受鲁迅先生在许多年前以锥心之痛，为我们留下的墓志铭：

……于天上看见深渊。于一切眼中看见无所有……

每思至此，悲从中来。可我们又并无别的退路。

在这无退路的处境中读到莫言的《丰乳肥臀》，读到韩少功的《马桥词典》，读到吕新那些关于雁北大山和童年记忆的小说，在迎面感受他们语言的瀑布和涓流的同时，不由得又会深深地感动。这感动让我知道自己的软弱，让我知道自己太少一意孤行的勇气和决然。可我还是不由得被深深地感动。

或许，这是我们为之奉献生命和文学的唯一的理由。

1996年9月6日晚初稿

至11日数次增改，定稿于太原家中

# 现代汉语的“现代化”困境
## ——从《马桥词典》的词条谈起

综观中国大陆新时期以来的文学，你会发现一个很有意思的语言现象。人们从“为无产阶级政治服务”“为工农兵服务”那样的枷锁中挣脱出来，从“伤痕文学”到“反思文学”，再到所谓“改革文学”“分享艰难”“主旋律”。文学似乎正在从“为政治服务”的工具，转变成“为现代化服务”的工具。在这样一种官方主导下的主流之外，到底还是出现过“寻根文学”。作家们企图以更为广泛的文化关怀，打破狭隘的政治枷锁，确立自己更为独立的文学立场。与此相对应的是“先锋文学”的迅速登场，拉美魔幻现实主义、法国新小说、后现代主义的种种思潮和试验，蜂拥而至。在这里，“寻根”的向内和“先锋”的向外，形成一个鲜明的反向运动。可无论向内还是向外，没有人怀疑自己所使用的语言。尤其是先锋小说和所谓种种后现代理论，更以它们的“新”、它们的“洋”、它们的外来优势，确立着自己“新真理”的优越地位。被人们讽刺为“名词轰炸”的种种“后”理论，“后”艺术，一厢情愿毫不犹豫地急于建立自己的语言优势。先锋艺术和后现代理论对“语言”的批判、怀疑和解构，不知为什么在中国变成了对语言坚定不移的信任和夸张。在苍白的模仿之后，是更苍白的自我复制。在这样的复制泡沫中，现实被隔绝，历史被无视，生命的体验被假冒。在夸张而又实用的姿态背后，语言和叙述毫不犹豫地向一切中国、外国的“现代化”下跪，毫不犹豫地以“最现代化”的姿态宣布自己的“创新”和“异类”。

我们都知道，现代汉语是在本世纪初的新文化运动中产生的，以白话文为旗帜的新文化运动，当年曾经把“德先生”（民主）和“赛先生”（科学）大写在自己的旗帜上，冲锋陷阵。七八十年的时间过去了，民主和科学这两个现代化的核心词，在中国的语境中到底怎样了呢？在韩少功的《马桥词典》里恰巧有关于“科学”和“民主”的词条，那是两个叫人哭笑不得又意味深长的故事。在马桥，科学这两个字是和“神仙府”里逃避责任、逃避生活的懒汉们联系在一起的。懒汉们因为懒得做饭就嚼生米，因为懒得出门小便就在墙壁上打洞用竹槽接，因为怕冷就一冬天不洗脸，并且把这一切乖张的举动都美其名曰“科学”。所以马桥人蔑视一切与科学有关的东西，他们宁愿担又湿又重的新柴，宁愿把科学种田的宣传手册撕了卷烟，宁愿把广播电线割了用来箍尿桶，甚至对铁壳子的汽车也充满了嘲笑和敌意。在一个稍有“常识”的现代人看来，马桥人的这些举动无非是些不开化的土包子们的笑料。当然，韩少功并非要把“科学”在马桥的遭遇推广成普遍现象。中国如今早已是一个汽车遍地飞机满天的国家。韩少功关心的是在一个科学无所不能的世界里，可能存在的另外的思维，他强调说：“但一个词的理解过程不光是理智过程，也是一个感觉过程，离不开这个词在使用环境里与之相关联的具体形象、具体氛围、具体事实。这些东西常常在很大程度上决定了人们对这个词的理解方向。”事实上，科学这个词真正进入中国人的视野，是伴随着“船坚炮利”的殖民主义血腥经历的。这样的“具体形象、具体氛围、具体事实”是无法从中国人的记忆之中抹去的。中国人的现代化，不是一种自我发展的自然结果，而是一种被迫的接受。更为艰难的是，当现代科学技术实现了最残忍血腥的两次世界大战；当原子弹在城市中爆炸，激光致导炸弹飞向人群，间谍卫星布满太空，互联网成为最便捷的诈骗途径；当整个地球的生态环境都被科学技术的成果所破坏的时候，面对着这样的“具体形象、具体氛围、具体事实”，中国人、全世界的人，又如何理解接受“科学”这个词？马桥村的庄稼汉们用扁担敲打汽车的举动，确实显得可笑。但在笑过之后，却也留下了一条对科学怀疑的缝隙。凭着这条缝隙，我们或许可以在科学神圣的台座后面，看到那些所有的荒谬和恐怖。

“民主仓”这个词条在《马桥词典》中有一个专门的指定，叫作“囚犯的用法”。那个叫魁元的小伙子是马桥的当代英雄。他不远万里出来闯世界、打江山，他一心一意要发大财。结果是一败涂地，因为赌博进了监狱，并且不幸被关进了“民主仓”。民主仓里因为没有霸主，于是就没有秩序，大家整日血战，冒死拼杀，流血、肮脏、混乱、虱虫满身。反倒是有了霸主的牢房，在压迫之下，秩序井然，平安无事。魁元诉苦说："人犯最怕的就是民主仓……在那里哪里有人过的日子，一句话不对，就喊打，民主个把月下来，能够留着眼睛鼻子，还留着手脚出来，就算不错的啦……"表面上看，这又是一个关于土包子的笑话。这其中对于民主的误会、错置，驴唇不对马嘴的解释和接受实在是差之千里。可如果把魁元的故事放到中国历史的具体环境里，你会体会到欲哭无泪的无望的悲哀。如果我们把眼界再放宽，把这个词放大到人类历史的"具体形象、具体氛围、具体事实"面前，你几乎立刻就可以断定这个地球就是一个"民主仓"。在殖民主义之前人们在各自的区域里通过战争争当霸主。殖民主义来了，强国在全世界范围内用战争划分势力范围，一次又一次地打世界大战。世界大战停止了，局部战争从来也没有停止过。直到不久前，还有新霸主为了建立"世界新秩序"，得意扬扬地在科索沃打了一场高科技的"干净"战争。在这么多的血腥面前，民主两个字显得实在苍白无力，显得像是一句荒谬的谎话。在这个地球上生而为人，难道除了"民主仓"，我们竟然真的无处可逃？我无法判定这两个词条是作者有意的挑选，还是无意的巧合。但是世纪初作为新文化运动响亮口号、伟大理想的科学和民主，却在世纪末的《马桥词典》里扭曲、变形成为如此哭笑不得的尴尬。在语言的确定性被如此彻底地轰毁之后，我们又怎么能不深深地怀疑自己所使用的语言？我们又怎么能不转回头来想一想，现代汉语到底面临了怎样巨大、复杂的历史变迁？被科学和民主所描述的神圣的现代化，变得如此千疮百孔的时候，作为现代化产物的现代汉语又凭什么来立足？

此外，《马桥词典》作为一种方言的叙述，本身就充满了对作为“国语”的现代汉语的抗拒和挑战，这个充满张力的互动关系，既是对语言丰富性和复杂性的具体呈现，也同时深刻地表达了“现代化”在中国历史中的被抵抗和被怀疑。现代化在语言中所掀起的惊涛骇浪，并不比它对人类现状的巨大改观稍有逊色。但是，游离于现代汉语之外的，永远难以同化、驯服，也永远难以标准化的顽固方言，却也在现代化的汪洋大海中，为我们留下了思考的缺口，为生命留下了存身的岛礁。为此，马桥的每一个人，每一头牛，每一棵树，每一天的晨雾和星星，每一条小路和溪流，每一句不为外人所知的方言土话，都可以为我们做证。这一切，已经不是我在这篇短文中可以顾及的。

《马桥词典》作为一部充满创意的杰出的小说，在字里行间时刻流露出对现代汉语的怀疑、审视、追问，精彩地表达出在历史的压力下语言的扭曲、变形、患病、死亡和再生。在这部近三十万字的小说中，没有统一的故事、情节，没有中心人物，没有任何主导性的表达。只有对一百一十一个独立词条的描述、解答。正是在这个意义上韩少功使小说回到了语言本身。他让语言做了这部小说的主角。也正是在这个意义上，韩少功又使语言回到历史，回到对生命体验的深刻表达。在这种近乎反小说的立场中，我们除了可以看到韩少功对语言、词汇的怀疑、追问而外，更可以看到他对传统叙述方式的拒绝，他对那些不言自明的真理前提的否定，和他对现代汉语叙述本身的怀疑。用韩少功自己的话说："在这样万端纷纭的因果网络里，小说的主线霸权（人物的、情节的、情绪的）有什么合法性呢？""世上的万物其实在意义上具有完全同格的地位，之所以有时候一部分事物显得'没有意义'，只不过是被作者的意义观所筛选，也被读者的意义观所抵制，不能进入人们趣味的兴奋区。显然，意义观不是与生俱来一成不变的本能，恰恰相反，它们只是一时的时尚、习惯以及文化倾向——常常体现为小说本身对我们的定型塑造。"

我深知，以如此简短的分析，根本无法表达《马桥词典》丰富而深刻的寓意。在这篇短小的文章中，我只能把自己的论点缩写在这两个词条的简单分析之中。我深知这样的简单分析会留下无数的漏洞和把柄，既不足以完成对语言这类大题目的论述，也不能阐述《马桥词典》复杂生动的内涵。我甚至可能要担负着所谓"宏大叙事""普遍主义"的批评和指责。因为现代汉语近一个世纪的变化、发展，现代汉语在现代化的历史进程中所触发的一系列根本性的价值观和文化观，现代汉语作为一种人类智慧无法被拼音文字所同化的深远意义，等等，都不是一篇文章、一本书，甚至不是几十本书可以胜任的。我的短文只能提出问题，而且只能简单地提出问题。

我之所以把《马桥词典》和其中的这两个词条作为抽样分析，是因为这部作品的叙述策略和语言立场，敏锐而准确地把握了现代汉语当下的历史处境。

这个世纪初，以革命创新为己任，以呼吁鼓吹现代化为己任，以全盘西化为己任的现代汉语，在这个世纪末却面临了前所未有的危机——它在面临了自己传统危机的同时，又在革命、转型的过程中走进了“文化大革命”的灾难。在经历了无数战争、流血、屠杀、剥夺、革命之后，所谓“现代化”，对于中国人已经永无可能再是一个简单完美的理想。

鲁迅先生当年曾经说过一句悲情的自白：“从别国里窃得火来，本意却在煮自己的肉。”即便是在这句悲伤的话里，我们也还是能够看见一点理想的影子，那就是对于“从别国里窃得”的“火”的信任。那就是还仍然相信那些从别国里窃来的火，可以帮助自己煮去腐肉获得新生。今天，在经历了将近一个世纪的现代化历史进程之后，面对着这所有刻骨铭心的“具体形象、具体氛围、具体事实”，我们不得不深深地怀疑“火”的合理性，不得不深深地怀疑从西方从北美窃来的那些火，是否真的能够引领我们走向理想的彼岸。更何况，在欧洲、在美国风起云涌的后现代主义思潮，正摧枯拉朽地“解构”了、打破了所有神圣“真理”的假象。舍生忘死窃来的火难以让人信任，自己的身体又在腐肉中渐渐死去——求生之路何在？近几年来，我曾有一个反复的比喻，我把这叫作“双向的煎熬”。中国人不得不在这双向的历史煎熬中步履维艰。当理想的晚霞从地平线上无可挽回地消失之后，漆黑的天幕上只留下散落的寒星。当可以整体表达的世界破灭之后，给我们留下的只有语言的碎片……这是现代汉语尴尬的历史处境，这也是这个地球上所有人的历史处境。正是在这个深刻的意义上，中国作家的表达不仅仅属于中国。正是在这个深刻的意义上，《马桥词典》获得了许多人都尚未理解的经典性。

1999 年 11 月 21 日写

2000 年 1 月 10 日改定于太原

# 被简化的语言

本世纪初的1914年，那位用英语写作的爱尔兰人詹姆斯·乔伊斯，开始了他的伟大小说《尤利西斯》的创作。可惜，这部英语小说的诞生却在大西洋两岸的英语世界受尽了侮辱和剥夺。那个正统的英语社会、正统的英语历史，对这部无比丰富充满创新的巨著，加以“有伤风化”“色情诲淫”的罪名禁止印刷，并当众焚毁。以法律的最高权威给一部小说判刑，可以说是权力粗暴简化语言的最佳案例。因为它不仅有权决定人们可以做什么，它还可以决定人们说什么和想什么。1922年《尤利西斯》的第一版几经周折终于问世，可也还是只能在英语世界之外的巴黎出版。当《尤利西斯》的法文、德文、日文译本相继出版以后，在美国和英国它照样还是被列为非法的禁书，正统的英语历史既不能容忍它对自己价值观的颠覆和嘲讽，更不能容忍它对传统叙事语言的打破和创新。可是，《尤利西斯》到底还是在1933年，挣脱了历史套在它脖子上的简化的枷锁。在广大读者和各国著名作家的大力支持下，它终于在美国的法庭取得胜诉。从那以后《尤利西斯》成为一部风行世界的小说。这部现代主义的里程碑式的巨著，如今已经被看作是西方一切现代主义、后现代主义小说的“创世纪”，已经被看作是一次对英语最大的丰富和开拓，已经被看作是开创了崭新的叙述方式。今年，美国最著名的兰登书屋，评选本世纪最杰出的一百部英语小说，《尤利西斯》荣登榜首。当年的洪水猛兽如今终于变成了圣殿里的雕像。现在，已经有英国的评论家把《尤利西斯》和其后的《芬尼根守灵夜》夸大成“作者企图将它写成世界的历史，一本人人都参与其中的书；作者试图建立一种现代的元语言，一种为小说艺术而构造的世界语”。（Molcolm Bradbury: “Britain”, *James Joyce*，见《外国文艺》1999 年第 2 期）两相对照，我们会觉得乔伊斯从地狱到天堂的遭遇实在有点滑稽和幽默。一本用英语写成的书怎么可能成为“世界的历史”？使用一种语言写出来的一本小说又怎么能放大成“世界语”？什么叫“现代的元语言”？谁的“现代”？又是谁的“元语言”？根据前面提到的事实，我们知道这个所谓的“世界的历史”，当年起码是无法包括法语、德语和日语的历史的。而被乔伊斯辛辣讽刺抨击的种族主义和大英帝国的占领与统治，当年也正是“现代元语言”的一部分。当初以禁止和扼杀来清除、简化《尤利西斯》的英语世界，如今却又要把全世界都简化、归纳到英语的历史之中。不是以扼杀去简化，就是以无限膨胀的自我中心来简化。总之，是要把变动不居、复杂无比、活生生的语言，简化、归纳到正统历史的等级中来。

我之所以举出这本英语小说为例，实在是因为它在本世纪历史中的经历太有戏剧性，太典型，也太有说服力。而这样的事情，几乎在所有不同语种、不同国家的历史中都曾发生过。法语的《巨人传》《包法利夫人》、汉语的《红楼梦》，当年也都曾经有过类似的经历。尽管它们都没有被赞誉为是表达了“世界的历史”，或是创造了什么人类的“元语言”，但它们和《尤利西斯》是同样杰出的小说。以权力、伟人、大事件所组成的历史，用权力、伟人、大事件来简化、缩写的历史，几乎从来都是艺术的天敌。那道“历史”的闸门不知窒息过、淹没过多少艺术和艺术家的努力。一但充满创造和个性激情的艺术冲破了闸门，历史所能做的就是尽快把成功者变成伟人，变成新的闸门。被堆满了赞美花环的“历史丰碑”，常常就是最严厉的禁忌。圣殿里的雕像就是被绞死的个性和激情。

面对着权力、伟人、大事件的历史，乔伊斯笔下的都柏林小市民犹太人布卢姆，真是显得卑微低下。但是乔伊斯却以不可思议的三卷本的篇幅，来再现布卢姆十八个小时的琐碎生活。伴随着布卢姆吃、喝、拉、撒、睡的，是他那些“见不得人”的胡思乱想。而这卑琐的十八个小时，却又是以戏仿荷马史诗《奥德修纪》的方式来结构的。乔伊斯大张旗鼓地把大英雄尤利西斯的名字，作为自己这部反英雄小说的题目，把一面英雄的旗帜郑重其事地插在这些所有的卑琐和平庸之上，他的讽刺和嘲笑响亮得好比是天上的雷霆。作为源头的荷马史诗，可说是西方历史文化的最高典范。可见，乔伊斯对宏大历史刻毒的讽刺是摧毁性的。乔伊斯对权力、伟人、大事件的历史的解构也是摧毁性的。如今，在人们又忙着把乔伊斯本人也推上伟人的台座的时候，我们需要记住的不是他的伟大，不是他已经完成的伟大，不是要跟在他的伟大后面亦步亦趋，而是要时时记住，他当年是以怎样的勇气和洞见去打破一切陈规，去打破历史的闸门的。

如今的乔伊斯和他的《尤利西斯》已经成为英语世界的骄傲，已经成为英语世界傲视、俯视他人的制高点，已经成为新的荷马史诗。当英语世界的一些人把乔伊斯神化成所谓“世界的历史”“现代元语言”的时候，他们也有意简化了乔伊斯之所以成为乔伊斯的历史。当其时，大英帝国治下的爱尔兰，不过是一个偏远的自治邦。就像布罗代尔描述的那样，是一个资本主义中心以外的次等区域，而且是一个不断造反、不断出麻烦的地方。它最高的地位也只能算作欧洲的边缘。《尤利西斯》的出现，是这个落后的边缘出现的又一个麻烦。听听乔伊斯如何评价“世界的历史”和“现代元语言”是很有意思的：

> 我从心中摒弃这整个社会的结构：基督教，还有家庭，公认的各种道德准则，当前社会的阶层以及宗教信仰。我怎么能爱我的家！我不过是来自一个为遗传下来的挥霍行为所毁坏的中产阶级。”“爱尔兰的经济及文化情况不允许个性的发展。国家的灵魂已经为世纪末的内讧及反复无常所削弱。个人的主动性已由于教会训斥而处于瘫痪状态。人身则为警察、税局及军队所摧残。凡有自尊心

的人，绝不愿留在爱尔兰，都逃离那个为天神所惩罚的国家。（见萧乾、文洁若《尤利西斯》中译本序言）

在这里，我们可以清楚地看到乔伊斯对“主宰世界”的价值观，和到处流行的生活方式的全面否定。我们可以清楚地看到乔伊斯对一种历史进程的彻底否认。乔伊斯的否定不是出于历史的虚无主义，更不是所谓艺术家的偏执。乔伊斯创作《尤利西斯》和《芬尼根守灵夜》的时间，恰恰是他亲身经历两次世界大战的时间。那两场发生于“世界中心”的人类浩劫，对于“世界历史”的否定、毁灭超过了所有艺术家的想象。不错，作为“语言革命”经典之作的《尤利西斯》，以它极端的形式，打破了旧有的语言和神话；更以它难以想象的丰富和奥妙，以它崭新的叙述重新塑造了历史。乔伊斯重新叙述历史绝不是为了简单地回到旧有的历史秩序和历史等级之中。“使小说的艺术成为语言本身的艺术”，并非是为了使语言成为逃避历史的语言，并非是为了让语言一次又一次地被权力、伟人、大事件的历史所驯服。今天，当我们打算学习或是继承乔伊斯的语言遗产的时候，绝不能简化、回避他对所谓“世界的历史”和“现代元语言”的无情批判。更不能把这彻底的批判偷换成神圣的肯定。没有这个彻底的批判和反叛，也就没有《尤利西斯》所有的丰富和价值，所有的创造和激情。这个彻底的批判是乔伊斯语言大厦不灭的灵魂。乔伊斯不是一个为语言而语言的魔术师，他的语言大厦并非是建立在人间之外的空中楼阁。乔伊斯以他全部的创造、激情和语言，否定、批判、拒绝了“世界的历史”，否定、批判、拒绝了被他所看到的那个现代化的历史进程。难道这一切竟是为了用所谓的“现代元语言”重建那个“世界历史”的中心和等级？在这个偷换的背后，我们再一次看见了权力的阴影，再一次看见了权力阴影下的世界的历史。在这个越来越体制化等级化的“世界的历史”中，在这个窒息生命的“现代元语言”的牢狱中，乔伊斯为我们留下了人的出路和可能。为此，我们该永远记着乔伊斯。永远记住在权力、伟人、大事件的历史之外，还有一个完全不同的英语世界。正是这个完全不同的世界孕育了乔伊斯，也孕育了对权力、等级和正统的永远的对抗。

从某种意义上讲，在当今的历史处境下，文学、艺术存在的理由和价值就在于对这种简化的抗拒和打破。如果你不想被强势文化的“世界的历史”所淹没，如果你不想被单一的“现代元语言”所“一体化”，如果你不想被眼前这个权力和金钱所建立起来的肮脏体制所同化，那你就必须坚持自己的叙述，那你就必须以个人的叙述来打破简化的枷锁，来丰富这个世界，来丰富人。

1999 年 10 月 3 日下午于太原

# 网络时代的“方言”

在中国大陆的文学界有一个非常普遍的现象，那就是以先锋姿态出现的作品或理论表述，大都使用那种典型的翻译文体和书面用语。一些理论家的术语偏执和极端的书面化叙述，常常会闹到难以读懂的地步。在经过一番相互的印证之后，最高的评价常常是“中国的卡夫卡（F.Kafka）”“中国的罗伯-格理耶（A. Robbee-Grillet）”“中国的博尔赫斯（J. L. Borges）”“中国的杜拉斯（M. Duras）”。在这样一个“光荣”的行列里，是没有方言的地位的，所有大量使用方言的小说，都绝无可能成为“先锋”。如果你竟然不幸选择了农民的方言，那不管你写了什么，也不过就是土里土气的“农村题材小说”。比如像我那些用吕梁山农民的方言口语叙述的小说，就曾被人划入“农村题材小说”。但奇怪的是，福克纳（W. Faulkner）写了那么多美国南方的农民，福克纳使用了那么多南方的方言和黑人的俚语，却从来没有人说福克纳写的是“农村题材小说”，从来不敢有人怀疑福克纳大师级的先锋地位。美国农民的方言俚语被中国作家、理论家们当作最高的先锋典范供奉在文学的纪念碑上。很显然，在这个双重的尺度后面，有一种复杂的语言立场——相对于标准化、书面化、权威化的现代汉语，偏远地区的农民语言被看作是边缘而且落后的“方言”。相对于世界“通用”的英语，相对于“西洋”的“洋文”，现代汉语又自甘自愿地臣服成一种落后的低等级的“方言”，又“不言自明”“顺理成章”地接受语言的自我殖民化。这种荒谬的尺度之所以成为普遍的存在，除了中国自身复杂的历史原因之外，更有一种世界范围内的语言歧视和语言等级的划分。当连鲁迅、沈从文、老舍这样的语言大师也在国门之外到处被忽视、被无视的时候，现代汉语边缘化、低等级的“方言”身份不是一个冷冰冰的理论问题，而是一个刻骨铭心的尖锐存在。在以前，如果说这样的体会还要等到出了国界才能体会到、体会深，那么，在今天这个电脑和网络的时代，这一切正像洪水一样在眼前席卷而来。而且，这早已成为一个超越了汉语的世界性的普遍问题。凡是使用电脑的人都知道，一张没有被“格式化”的磁盘是不能使用的，因为它不能被电脑“读懂”，它是被排除在电脑语言之外的东西。我自己也在使用电脑，我的电脑使用技术是最低的，是那种所谓“傻瓜照相机”的水平。在我所见到的任何有关电脑使用和电脑知识普及的教材中，都有类似这样的话：“如果你想进一步了解和精通电脑，最好是学会英语。”因为英语是电脑和电脑网络的“通用语”。英语理所当然的“通用”地位，是因为操纵、垄断电脑业的，都是美国的“英特尔（Intel）”“微软（Microsoft）”“IBM”“康柏（COMPAQ）”这样一些跨国公司。是它们建立了电脑的“标准”和“格式”。每当电脑操作出了错误，或是电脑自己出现故障，那个万能的屏幕上出现的只有英语——在这个被垄断的世界里，所有的电脑都是格式化的，都是用英语设计，也都是只用英语“思考”和“对话”的。面对那个无动于衷不停滚动的英语屏幕，你会深深地体会到，垄断技术、强势语言对人的无情的“格式化”要求和强迫。在如今这个网络时代，一个不接受格式化的人，一张没有格式化的磁盘，就意味着将被排除在整个网络统治的世界之外。在全球一体化的欢呼声中，在对国界越来越多的指责中，电脑网络正以不可抗拒的压倒性优势，把地球收拢在自己格式化的巨网之内。在到处流行的宣传广告上，你都可以看见网络公司近乎神话的描绘：“Internet 是世界上最大最流行的网间网，又称之为全球信息资源网……Internet 是一个社会大家庭，家庭成员可以交换信息共享资源，Internet 是一个无极网络，不为个人或组织控制，人人都可以参与。”在这样的神话中，“信息”就像空气一样，可以不计成本，自由使用，无论贫贱富贵，无论种族和国家。可惜，这样的“自由空气”，只有使用英语的人才可以呼吸得最多、最快、最好。可惜，这个“信息天堂”的入场券和导游图是用英语写成的。事实上，充满了文化内涵，充满了价值判断，又必须以语言符号系统来传播的“信息”，从来就不是一种可以自由享用的、平等民主的、中性的“空气”。当“Internet”以不可动摇的主导地位打破了国界的同时，也正在使英语成为一种垄断性的“中心语言”。在这个必须被格式化的以英语为中心的

“Internet”世界里，所有其他的语言和文字都在经历着自己的边缘化，都正在变成一种“方言”。

现在，“网上文学”正在成为新的时尚，也有人以此为证据欢呼着“纸上文学”的灭亡。可是，我担心在这个以英语为中心的“Internet”世界里，要灭亡的恐怕不仅仅是“纸上的文学”，还会有正在变成“方言”的千百种语言和文字，以及因为它们的存在而存在的那个丰富无比的语言世界。在这样的网络时代，在这样的处境中，抗拒格式化，抗拒“中心语言”的霸权强制，坚持方言的独立性，重新审视方言的价值和意义，呼吁并确立语言的平等，是文学，也是每个人都无法回避的事情。

按照传统和习惯的理解，“方言”总是和局限性、保守性、低等级这样的贬义联系在一起的。而这样一些贬低、否定的结论，又几乎总是从占有统治地位的“中心语言”里产生出来的。如果落在“中心语言”制定的这个语言圈套里讲话，“方言”或许永远没有出头之日。对此早已有人一针见血地指出过，建立在所谓社会达尔文主义之上的语言等级，是随着统治的需要而编造的神话。所不同的是，以前是殖民统治的需要，现在是跨国资本垄断的需要。以高科技和高信息所建立的网络帝国，在创造了空前效率的同时，也在所谓最“平等”的网络平面上，以难以想象的光速，用英语扫荡着所有的语言异类。

如果对语言的历史稍做回顾，就会明白，所谓的“方言”和“中心语言”并非是一成不变的。在拉丁语作为中心和权威的时代，英语、法语、德语也不过就是“方言”，而且是鄙俗不堪的下等语言。还有人因为胆敢用这些“方言”解释圣经而获罪。在殖民主义时代，欧洲中心国家之外的一切语言，都曾经是野蛮人和劣等民族的“方言”。在文言文作为中心和权威的时代，“白话”是所谓“引车卖浆者流”的下等语言，是永远登不上大雅之堂的。而当“白话”一旦变成“国语”，变成现代汉语，变成新的中心和权威，中国土地上所有其他的语言，所有其他的语种和文字，就又成为新的方言。任何一种“中心语言”地位的确立，也都意味着一种标准化、集约化、普及化的建立。语言、文字的本性决定了它必须“通用”。没有了“通用”也就没有了语言产生的可能和必要。而省略和标准化又是一切通用的前提。但是，在省略什么？又以谁为标准？这样的问题背后，你常常会看到权力之手无情的涂抹。公元前221年，秦始皇统一中国之后，统一度量衡，统一文字。在秦国的强大标准面前，齐、楚、燕、韩、赵、魏六国的语言，就成为“当然”要被省略的“方言”。为此，秦始皇甚至不惜焚书坑儒。

现在，微软公司为占领中国这个巨大市场，专门推出了全中文的操作系统和全中文的办公软件。面对微软公司，中国电脑业几乎没有任何竞争能力可言。这个说英语的微软恐龙正一天天地在网络和屏幕上逼近中国。如果有一天，12亿中国人的电脑语言都操纵在微软这样的公司手里；如果有几千年历史的中国文化要依赖说英语的微软公司来传播；如果我们从未间断地书写了两千多年的汉字，被彻底地格式化成按利润计算的“信息产业”，那只能说是汉语和中国文化最大的灾难！我看到微软公司最近因为恶意的垄断行为而被起诉，应当说这是一个好消息。

也许有人会说，我的担心纯属庸人自扰。因为科学技术早就解决了这个问题。各种语言的电脑软件早就在市场上到处流行。电脑之间的语言互译，也是一个已经解决或正在解决的“技术”问题，而技术最终是会不断完善起来的。

我也知道，我们这个地球上已经没有能够脱离科学技术而存在的人了。就像我们无法脱离化学纤维的衣服、优良品种的食物、空调控制的房间和燃烧汽油的汽车飞机一样，我们也无法脱离电脑网络。我们早已经无法脱离科学技术去谈论“人”、“人性”和“人的存在”。或者说，我们这个地球上早已经没有“人”而只有“科学技术化的人”了。但是相信和接受这样的命运，并非是要相信和接受那个科学万能的神话。我尤其不能相信被垄断技术所操纵的科学万能。在经历了火车对于马车的革命、飞机对于汽车的革命、电能对于热能的革命、印刷对于手写的革命、影视对于书本的革命之后，我们不是照样在经历着用飞机大炮杀人，用原子弹杀人，用激光制导的精确导弹杀人，用一切科学技术来杀人吗？我们不是照样在经历着，利用一切科学技术来维护统治、维护垄断特权吗？当语言被制造成这个地球上一项最大的“信息产业”的时候，当电脑网络把地球上的语言一网打尽的时候，那些说英语的垄断者难道会因为使用了电脑和网络的最新技术，而变成救世的耶稣或是普渡众生的菩萨？你愿意相信这样的神话吗？你能够相信这样的神话吗？用印刷技术传播语言的人和用电脑网络传播语言的人，真的会有本性的不同？或者说，用电脑写字的人比用笔写字的人更仁慈？坐飞机的人比坐马车的人更热爱自由？更何况，那个被充分格式化的电脑真的能够表达我们所能体验、所要表达的一切吗？孩子扑进母亲怀抱的万种柔情，恋人相见的顾盼神飞，面对死亡的恐惧忧伤，仰望星空的思绪万千，仇杀的凶残，母爱的温柔，真的都能够被装进那个格式化的电脑里去吗？

即便是做上面如此简单的回顾，我们也可以看到“中心语言”和“方言”之间相互转换的复杂关系。我们也可以看到所谓“通用”，所谓“标准”，是一种怎样的人为之物，是一种怎样的权力结果。与此同时，我们也看到每一次“中心语言”的解体，都意味着语言的解放。正是在这样的意义上，在无数方言激荡的大海里，凝结出千百个不同的语种之岛。正是在这样的意义上，这片语言的汪洋大海里是无所谓中心的。所有语种岛礁的存在，都有赖于大海的存在。语言之海的生态也同样需要平衡。所谓进化真正的含义是所有存在者的相互依赖、平等生存，而不是弱肉强食的霸权和扫荡。我们身边的事实已经告诉我们，这个平衡的打破，就意味着死亡和灭绝。任何对于别人的蔑视和消灭，也就是自己灭亡的开始。在打破了“中心”“方言”这样的遮蔽之后，在打破了语言霸权的神话之后，我们或许能以更平静的心态接受、看待语言之间的激荡和互动。我们或许能以更虔诚的慈悲和同情之心对待人类所有的智慧成果。在我们这个方言丛生的世界上，曾经盛开过无数值得人类自豪的文学之花，它不会，也绝不应该在网络的垄断下退化成格式化的沙漠。

今天在座的韩少功先生，不久前写过一本叫作《马桥词典》的长篇小说。这是一部以马桥村的方言作主角的书。在这部多种文体组合的杰出作品中，没有我们惯常所能看到的贯穿全篇的人物、情节、主题，甚至没有一个统一的结构。这部精彩的小说可以看作是一次对方言的抽样调查。在对一百一十一个独立词条的描述、解释中，你会清晰地看到马桥的历史、风俗、气候、物产、地理状况，你会深刻地体会到人的命运和因这命运而产生的万千感受，你会沉重地经历历史带给马桥的沧桑和悲凉，你会鲜明地观察到“方言”和“中心语言”之间复杂而生动的相互渗透和改变。这所有发生在语言世界里的扭曲、激荡、蜕变、死亡和再生，这所有语言世界里的惊涛骇浪，和我们身边的历史相比毫不逊色。马桥方言的复杂和生动是不可能被现代汉语所替代的，也不是任何一台说英语的格式化电脑所能表达的。难以被任何“标准”所格式化的马桥方言，永无可能被世界所“通用”的马桥方言，正是在作者深沉的同情、刻骨的理解、精彩的表达中，获得了和所有语言同样的意义。《马桥词典》这部小说的产生和存在是一个有力的证据，它证明了语言和文学的无限丰富性，是任何图像和网络的神话都无法替代的。《马桥词典》在给我们提供了丰富、深刻的文学表达之外，更使我们看到与生命永远同在的语言就像生命本身一样生生不息、千变万化。

应该说，在这个电脑网络席卷地球的时代，幸亏我们还有自己的方言。

感谢大家有耐心听我用中国的方言讲话。

1999 年 11 月 28 日写

12 月 15 日改定于太原

（此文是 2000 年 3 月，笔者在巴黎法国国家图书馆举办的“中国文学：继往与创新”研讨会上的演讲文稿。）

# 春色何必看邻家
## ——从长篇小说的文体变化浅议当代汉语的主体性

如果只从体裁和样式的定义来谈文体，那么，相对于古典诗词丰富多变的文体形式，中国传统长篇小说的文体就显得很单调，只有一种，就是章回体。《水浒》《三国演义》《西游记》《红楼梦》这四大名著都是章回体，它们之外的《金瓶梅》《三侠五义》《封神演义》《孽海花》等也都是章回体。（采用文言文叙述，篇幅略嫌短小的《浮生六记》应当算是一个特例。）章回体小说源自悠久的“话本”传统，有着极为深厚的民间血缘。话本经过文人加工就有了成熟定型的章回体小说。鲁迅先生在他那本开创性的名著《中国小说史略》中，对此有过精辟的论述。千百年来在科举制度下，在文言和诗词占绝对统治地位的时代，身份低贱的白话，借着章回体进入书本在民间广泛流传。章回体小说凭着白话被最大多数的人群认同阅读。它们相互依存、互为根据，演化出中国古代文学史上最为壮观瑰丽的篇章。章回体小说是从中国本土文化之中顽强生长出来的文学硕果。

按说，作为白话小说伟大成果的章回体，本应在20世纪初的“白话文运动”中得以发扬光大。因为那场运动的目标是要打倒正统守旧的文言“贵族”，创建平民大众的白话新文学。可事实却正好相反，当白话终于在“文学革命”中修成正果，变成了“国语”之后，章回体却被现代文人们弃之如蔽履，当作“腐朽传统”打入冷宫。这一次，它的罪名不是低贱，不是大众化，而是太陈旧，太落后，太不现代。在中国现当代文学的正史中，在鲁迅、沈从文、老舍、李劼人、茅盾、巴金、张爱玲等这样一些代表性的作家笔下，你很难再看到对章回体的使用。章回体虽不能说不再是文学的一部分，起码不再是“新文学”的一部分。狂飙突进的新文化运动前后不过十几年，却在眨眼之间用白话诗取代了几千年的旧体诗词，用“拿来”的各种外国小说文体取代了几百年的章回体。从此以后，章回体只出现在不入流的武侠小说、历史演义和言情小说中，侧身在竹榻和台灯的角落里供人消遣。在“国语的文学，文学的国语”中并没有章回体的正式地位。章回体再一次被贬回到正统之外的民间，并且在民间继续广为流传。当年风靡一时的张恨水，和如今也到处风靡的金庸，是最典型的例子。但是，《红楼梦》的存在雄辩地证明了，章回体小说照样可以表达最深刻的人道精神，最丰富的生命体验，最富诗意的生动文字，照样可以成为世界性的文学经典。在我看来，如果从反抗传统束缚，颠覆正统叙事，追求人性解放和生命自由的意义来定义现代小说，那么《红楼梦》就是中国一切新小说的开山鼻祖。《红楼梦》才是真正意义上的先锋文学。可惜的是，后来的章回体小说，似乎是宁愿坚持消遣的立场，放弃了更高的文学追求，固守传统的审美尺度，回避了现代生活带给文学的巨大而又复杂的挑战。章回体小说基本上没能完成向“现代文学”的转变。而且，按照一个固定的套路反复制作批量生产，更成为现当代章回体小说致命的缺陷。尽管现在有评家对金庸先生的作品给予了极高的评价，金庸先生的作品也自有他被主流观点忽视的意义，但我更愿意相信金庸先生对自己诚恳的定位。

随着新中国的建立，“革命斗争题材”的小说一度成为主流，在这主流中出现了早期的《吕梁英雄传》和后来的《风扫残云》这类章回体长篇小说，但因为这些作品基本上只是借章回体来宣传“革命故事”，既缺乏文体自觉，也谈不上文学的创新。它们只能让位给《创业史》和《红旗谱》这些所谓“史诗式”的宏大叙事的小说。即便是在呼吁工农兵大众文艺的革命主流中，章回体也只能被放到边缘。几年前在学术界，有人呼吁重写文学史，依我看，汉语文学各类文体生死沉浮的历史，尤其是长篇小说文体的中断、继承和创新，是不可回避的大问题。在传统和现代的历史境遇中，都落入民间而又能历久不衰的章回体小说，尤其值得反省。如果说用白话代替文言是一次成功的现代转型，那么白话曾经赖以存身的章回体，真的就应该是永远被忽视的资源吗？在我们步履匆匆一切以他人为榜样的现代化旅途上，是不是忽视了太多自己的资源？如果说章回体真的是已经死去的资源，那么章回体在民间的生生不息到底向我们昭示了什么？在这个别人认为的后现代世界上，在那些以文体更新、文体试验为唯一目的的苍白干瘪的生命背后，在这个被语词的碎片遮蔽的地球上，章回体在提醒我们什么？当小说举着“先锋”的旗帜，在西方理性精神的支配下，变成了少数人的精神游戏，变成了一些人自诩的智力特权的时候，在民间丛生不断的章回体，又向我们预示了什么？（陈思和先生关于新文化运动以来，中国知识分子庙堂和民间立场的分析是一个创见，有许多问题都可以由此得到引申。）讲故事和说书人这两个最基本的元素，被从现代小说里彻底排除，真的是文学的“进步”而不是文学的自我封闭吗？难道现代小说一定要在“先锋”和“创新”的迷信中，重蹈文言和诗词的旧辙钻进象牙之塔吗？我绝没有提倡章回体的意思，我自己的小说创作也没有用过章回体，但章回体的历史命运不能不引人深思。

如果不仅从体裁、样式，更主要地从语体、语言风格的定义来谈文体，那么，我们可以看到一个意味深长的现象：以彻底反传统和全盘西化为主调的新文化运动，却产生了一大批汉语特色极浓的文体大家，从早期的鲁迅、周作人，到后来的沈从文、老舍、张爱玲，无不光彩照人。反而到了“要发扬继承民族优秀传统”的新中国，汉语文学的文体意识越来越被高压政治扭曲，越来越麻木僵死，闹到最后，只剩下“样板语言”。所以，当“新时期文学”来临的时候，“西化”和全面借鉴别人，再一次成为汉语文学打破僵局、反抗专制的唯一出路。但历史不会重复，这一次“全盘西化”却成了汉语文学争取解放的政治罪名。更为讽刺的是，在20世纪80年代后期，当“西化”的原意，在一片所谓后现代主义的潮流中被“解构”、被“颠覆”、被“反本质”之后，现代汉语的“借鉴”和“西化”，忽然间在内外两个方面同时陷入“意义缺乏症”。我把这尴尬的处境叫作双向的煎熬。这种缺乏症严重地制约了汉语的语言主体意识，极大地限制了汉语的文体创新。也正是在这样的困境中，现代汉语开始了自己再一次的语言自觉。

汉语文学在同一个世纪里，在不同的历史境遇中，经历了这两次文体狂欢节。两次文学运动都带来了汉语文体极大的丰富和变化。从表面上看，这两次文体大变化有一个共同的特点，就是所有的“新”文体大都不是自己创造出来的，大都是从外国“拿来”的。这些被迅速“拿来”的文体，不管它在外国已经有过几千几百年的历史，不管它是已经过时还是刚刚兴起，只要拿到中国来就都是第一次登场，都是呱呱坠地的新生儿。这些拿来的文体并非像唐诗、宋词、元曲的变化一样，是汉语文学和文体自身发展的自然延伸。它们首先是被当作打破传统束缚的武器。新文化运动要打破的是传统文化和文言文的束缚，所以鲁迅先生说“从别国里借得火来，本意却在煮自己的肉”。而新时期文学要打破的是政治强制和毛文体的束缚。本来“文以载道”是当年被新文学坚决反对的第一要义。可卸下“载道”的重担，却又不得不背上“打破”和重建的重担。历史的悖论从来就没有让现代汉语文学轻松过。在“拿来”的新奇和快乐中，在“废除汉字”和“打倒孔家店”这一类的全面反传统、极端政治化的主流话语中，同时产生了对汉语自身作为语言主体的遗忘和忽视。但是，文体不是汽车飞机、电脑电视，作为语言文字产物的文体，一旦脱离原来的语境，一旦脱离它原来派生的文化传统和历史处境，就会变得歧义丛生、南辕北辙。一个外来的文体被拿到中国来，并不自动产生原来意义上的创新和革命。“只要翻译成中文的，就已经是汉语的”，这样的立场是对复杂的省略。更何况在一个被强势文化划定的语言等级阶梯中，在被强势文化“全球化”的历史潮流中，“只要翻译成中文的，就已经是汉语的”这样的文化立场，在很大程度上是一种对现状的默认，而不是对现状清醒的选择和抗争。面对着极端本质化的专制权力，面对着丝毫也不“解构”的国际垄断，面对着强势文化毫不留情的文化淹没，如果还要不断自我解构、不断自我反本质、不断进行自我阉割、不断为自己加上“文化原教旨主义”和“民族主义”的“原罪”，那我们真的是只有万劫不复了，那我们真的是只好“废除汉字”了。我们这些至今居然还在用源自象形的方块字表达自己的人，岂不是全球化的最大障碍？自从后现代主义的种种理论，毫无阻碍地成为中国大陆知识界最时髦的“真理”之后，我一直有一个解不开的怀疑：为什么后现代主义理论对现代性的尖锐批判被扔在一边，而号称要坚持批判立场的知识分子们，却一个个地在“解构”“反本质”的理论幻想中变成随风飘荡的“词语”，变成毫无立场任人践踏的烂泥？以这样的“知识”和立场，怎么能去批判那个权力和金钱的双重专制？

又怎么能应对强势文化的淹没和同化？还是让我回到文体。在现代汉语这两次文体大变化的高潮中，文体上的“拿来”和语言上的欧化是同步进行的。在汉语不断欧化的背后深藏着新的语言等级观念。在这样的等级中，欧化的就代表着反传统的、新的、好的、进步的、世界通用的等等。反之，则是守旧的、狭隘的、落后的、“方言”式的、注定了要被淘汰的等等。以至于翻译腔成为了汉语书面语的正体。最典型的例子莫过于路翎的《财主底儿女们》。这部作品当年受到了胡风先生的盛赞：“不但是自战争以来，而且是自新文学运动以来的，规模最宏大的，可以堂皇地冠以史诗的名称的长篇小说。”（胡风和路翎先生后来遭受的残酷迫害历史已有公论，这不是我要探讨的问题。）对长篇小说有史诗的要求，这也是从外国“拿来”的。因为据说汉语文学中没有史诗这种文体和传统。我们不妨引出一句来读读：

> 一·二八战争开始的当天，被熟人们称为新女性和捡果子的女郎的，年青的王桂英，从南京给她底在上海的朋友蒋少祖写了一封信，说明她再也不能忍受旧的生活，并且厌恶那些能够忍受这种生活的人们；她，王桂英，要来上海，希望从他得到帮助。

这是小说开篇的第一句话，出版于 1945 年 11 月的陪都重庆。隔了半个多世纪，我们还是不免要被这样的语言碰得鼻青脸肿。对如此病入膏肓的语言，除了还在使用方块字而外，我们恐怕很难看到它和汉语还有多少联系。但是这样的文体风格曾经被视为典范。胡风先生还在序言中预言：“时间将会证明，《财主底儿女们》底出版是中国新文学史上一个重大的事件。”作为文坛领袖式的理论家，作为以鼓吹解放和革命为己任的左翼作家，对于文体的麻木竟然是如此的触目惊心。由此我们可以看到一种时代的语言流行病。而在《财主底儿女们》发表之前，中国文坛早已经有了《边城》《长河》《骆驼祥子》《死水微澜》等一批杰出的汉语长篇小说。这批杰作既吸取了别人的长处，又开创性地保持和丰富了汉语的生命力，极大地开拓了汉语叙述的疆界。可惜，它们都不合于“史诗”的套子。更可惜，它们一直没有作为新文学运动以来汉语文体自觉的典范被肯定。在一味“拿来”的主流话语洪水中，在长期战乱和政治强制的主宰之下，汉语杰出的叙述者们所做出的贡献，大都是作家个人的写作行为，一直没有达成普遍的共识，没有得到充分的肯定。现代汉语文学也因此一直缺少本来应有的语言自觉，缺少本来应有的汉语主体性的建立。由于各种原因，中国大陆在很长时间内，没有对新文化运动以来的文学史给予理性、深刻的反省总结。中国大陆在很长时间内，都处在政治高压之下。反倒是海峡对岸的学者早早地就在做这样的工作。大家不妨看看司马长风先生 1975 年出版的《中国新文学史》，重写文学史的工作早就有人在做。

我们正在经历的新时期文学，有比新文化运动更为复杂的历史处境。从某种意义上讲，我们是在新文化运动的结局之中开始自己的。有一点是必须指出的，发生于 20 世纪两端的白话文运动和新时期文学，有着完全不同的历史语境。当年文学革命所要打倒的那个“文言妖孽”和旧文化、旧文学，已经不复存在。新时期文学所要反叛、所要面对的是新文化运动以来的历史结果，无论是新中国的建立，也无论是“文化大革命”，还是毛文体、样板戏，都和新文化运动有着千丝万缕的联系。任何人都没有逃离历史之河的可能。文体的沧桑之变所折射出来的常常是自己的局限和困境。“文革”的惨痛经历，让我们眼看着从别国窃得的理想火种，在自己的土地上烧出一片废墟。当我们在“文革”浩劫的废墟上举步走进“新时期”的时候，几乎可以说是两手空空。与此同时，我们又遭遇了两次世界大战之后，后现代主义思潮对于西方知识体系的解构和颠覆，遭遇了所谓全球化的挑战和淹没。我们是从里到外遭遇了否定。本来，在这样艰难的历史处境中，需要的是更为清醒的历史理性，更为敏锐的语言自觉，是对于创作个体更为严峻苛刻的考验。这个双向煎熬的独特处境所给予我们的万千体验，本应成为新时期文学一切言说的源泉。可惜，在我们的“先锋”和“后现代”文本中，你经常看到的是获得“时髦”的满足，掌握真理的自诩，在那些一律向外的眼睛里，永远只有别人的风景。对历史的盲目和误会竟然成为一些人先锋的资本，这真叫人哭笑不得。在经历了将近一百年的探索和挫折之后，我们难道真的麻木到了自我殖民而不觉的地步？我这样谈论新时期文学的“先锋小说”，并非只是在指责别人。我自己的小说也曾经被人收进“先锋小说集”里。先锋小说对于文化专制和毛文体的打破有目共睹，先锋小说在新时期文学中开拓创新的功绩也有目共睹。我只是可惜，我们的先锋太轻易地在后现代的城市幻影中完成了自我满足，太轻易地从自己艰难的历史处境中飘离而去，甚至在对别人的迷信中，竟然转过脸来嘲笑那条自己也身在其中的河流。

在最近一两年中国大陆长篇小说的创作中，有一个值得深思的现象。一批当年以先锋小说成名的作家在创作上发生了明显的转变。余华的《许三观卖血纪》、苏童的《城北地带》、叶兆言的《花痴》、格非的《欲望的旗帜》，都明显地在叙述上回归“传统”，故事和情节再次成为作品叙述的主体。甚至连传统的“笔记体”也直接成为叙述的资源。对此有评论家说这是先锋小说的倒退，是对于艰难命题的回避和推脱。但是，我不这样想。在我看来，推动文学转变的动力从来都是复杂的。仿照别人的处境和命题是一切艺术的大忌，只有从自己出发的努力才有希望达到无人可及的成功。世界文学需要的是汉语叙述的独特声音，而不是跟在别人身后的合唱。即便这个世界上真的有所谓超越特殊性的“普世的真理”，那这真理也将因为汉语的叙述被丰富、被深化，而绝不是汉语对于“真理”的鹦鹉学舌。当中国的历史和现实再次成为文学开掘和表达的对象时，当中国的历史和现实再次成为文学反叛和批判的对象时，最具体也最独特的个人体验也将因此获得丰富且深刻的呈现。

我自己也是在新时期成长起来的作家，回想起来我自己正在经历的语言自觉，也是一个长期、艰难的过程。十年前，我写出了自己的第一部长篇小说《旧址》，不妨也引出它的第一句来看看：

> 事后才有人想起来，1951 年公历 10 月 24 日，旧历九月廿四那天恰好是“霜降”。

大家都知道，十几年前正是拉丁美洲的文学爆炸传到中国来的时候。马尔克斯的《百年孤独》正风靡中国大陆，这部小说对新时期文学的影响可谓巨大深远。它的中文译本第一句是：“许多年后，面对行刑队，奥雷良诺·布恩地亚上校将会回想起，他父亲带他去见识冰块的那个遥远的下午。”两相对照，一眼就可以看出，我的那一句话是仿照马尔克斯的。这并非我一个人的刻意模仿，这是当时的流行腔。后来有批评家指出，马尔克斯那个著名的第一句，是翻译者的第一句。如果译者对句式另做安排，也许中国大陆文坛就会是另外的流行腔。坦白地讲，我自己对《旧址》并不满意，一直觉得它的叙述太匆忙、太浮躁，虽然它并没有跟着也“魔幻”起来。我本心也并不那么喜欢《百年孤独》的芜杂和怪诞。但是这并没有能让我免俗，没能让我避开当时的语言流行病。这也是我在以后的长篇小说《无风之树》《万里无云》的写作中，回到口语倾诉的原因和动力。因为在方言和口语的海洋里，很少受到语言流行病的侵蚀，更没有所谓的语言等级。在新时期文学的整个过程中，一直有一个现象长盛不衰，那就是每次随着一个外国文学流派、一个外国著名作家的译著流行，文坛上随即就会有相应的文体和腔调兴起一阵仿制热潮，并且立刻就会有理论家来印证：这一切是多么多么的创新，多么多么的深刻和进步。成一先生把这叫作“副本效应”。这个现象从好的方面看，有打破文化专制，打破政治禁锢和丰富自己的功效。可如果几十年如一日地一直模仿来模仿去，一直以谁最先模仿为乐事，为“先锋”的标志，那这只能说明自信心的严重缺乏，和对语言自觉的极端麻木。二十年前，汪曾祺先生在一派“伤痕文学”和“反思文学”的流行腔中（其中苏联文学的痕迹尤为明显），发表了他清新优美的《受戒》，让文坛为之一震。就仿佛在麻辣火锅的盛宴上端来一盘水灵鲜活的青菜。回想起来，现在才看清了《受戒》更深远的意义——那是一次汉语文体和语言的觉醒。紧随其后的沈从文的被“重新发现”，张爱玲和《围城》的被“重新发现”，都可以看作是中国当代文学对政治扭曲和文化专制的挣脱。以文化自觉为旗帜的“寻根文学”的出现，可以说是被这些“重新发现”所直接引发出来的。这些沉寂了几十年的作家和作品被“重新发现”，是汉语觉醒的最佳证明。他们告诉作者和读者，现代汉语可以像世界上任何一种语言一样，鲜活生动、深刻丰富地表达自己。当代世界文学的版图，将因为汉语的叙述而被开拓，被丰富。伴随着这些“重新发现”，学术界展开了对于文体的讨论，并且提出了重写文学史的呼吁。比如李国涛先生，早在 1986 年就出版了研究鲁迅文体的专著《STYLIST——鲁迅研究的新课题》。比如 1985 年发表的陈平原、钱理群、黄子平的《“二十世纪中国文学”三人谈》里也谈到文体的问题。再比如 90 年代以来李陀先生对汪曾祺、金庸文体的研究，对西方中心论和现代主义迷信的批判，对继承汉语文学传统资源的呼吁，等等，这无疑都是汉语文学在创作实践和理论阐述上语言自觉的共同努力。尽管这些努力可能包含了许多的局限和缺点。事实上，从 80 年代后期一直持续到今天，中国大陆的新时期文学迎来了自己长篇小说创作经久不衰的大丰收。这样的文学现象，在当今世界可以说是举世罕见。

我们今天要面对的是权利和垄断市场的双重专制，是所谓的全球化，这是前人未见的严峻课题。历史性的先天不足，决定了新时期文学文体试验的局限性。一个被意识形态和文化专制严重扭曲的语言，一个极少自觉、极少主体意识的语言，在遭遇所谓后现代主义“解构”的时候，很难逃脱时空错位和文不对题的误会与滑稽。在后现代主义理论尖锐深刻的批判性被迅速抛弃之后，语言泡沫四处泛起，文体试验迅速走向技术化，文学创作转眼蜕化成为市场需求的量身定做，文学明星和任何别的明星一起被商业化地炒作制造，就成为新时期文学必然的时尚。权力与金钱合谋所制造出来的无限扩张的贪欲，和对这贪欲的美化，正在成为没有国界的全球化的主流意识形态。让人痛惜的是，许多有才华的写作者陷入幻觉乐此不疲。

如果说白话文运动的文体追求，还有一个建立新文学、新语言的自觉目标，还有一种深刻的历史批判性，那么新时期文学的文体试验，却更多地沦为模仿和畅销的快乐。在中国大陆，一个多世纪以来，文化自信心的缺失所导致的语言流行病，已经成为一种“集体无意识”，已经成为一种沉疴重疾。这是普遍的语言事实，绝不是猜测和幻想。所谓“蜂蝶纷纷过墙去，却疑春色在邻家”。人们总是觉得外国的月亮更圆，总是不愿意相信自己眼前的风景，总是用一种新的迷信来代替复杂丰富的生活，这常常叫人无话可说。

我看到一些理论家在呼吁：跳出东、西二元对立的狭窄思路，寻求更为宽阔的历史视野和更为多样的文化资源，以此来对抗西方中心论的话语魔圈。可我也看到，只要一提出这类问题，立即就会有人说这无非是“文化原教旨主义”的幻想，无非是“民族主义者”在树立莫须有的“假想敌”。“自我殖民”到了心甘情愿的地步，这也常常叫人无话可说。我这样说话绝无半点“独醒”的自诩和快乐。因为我自己也正在同一片语言的泥淖里挣扎、跋涉。

自从 1902 年梁启超先生在日本创办《新民丛报》和《新小说》，提倡“新文体”以来，已经整整一百年了。现代汉语文学在文体表达上的自信和从容，本应是它成熟的标志，是必然的结果。这也是一切好文学的前提。方块字的万里长城早已经被打破、被超越。中国的历史早已经是世界历史最为丰富的一部分。我们不必总是看着别人花园里的风景写小说。弱势的文化并不意味着弱势的生命体验。用方块字所表达出来的生命体验，照样可以是深刻杰出的文学。正是在这个意义上，英语文学、法语文学、阿拉伯语文学，或者任何一种我们并不熟悉的语言文字所创造出来的文学都是平等的。正如一百年前，我们的先辈们用白话取代文言，创建了“文学的国语，国语的文学”。如今，在这个所谓“全球化”的时代，我们这些后来者，要用自己杰出的作品建立起现代汉语的主体性，要用自己充满独创性的创作建立起现代汉语的自信心。这是每一个汉语写作者无法推脱的历史责任。白话文运动的主将胡适先生，在他的晚年曾经为此大声疾呼：“我们现在的责任是要继续那无数开路先锋没有做完的事业，要替他们修残补阙，要替他们发扬光大。”我深知，如此巨大而复杂的问题，绝不是我和我的这篇短文可以回答的。我更深知，“建立当代汉语主体性”这样的问题，已经远远超出了文学，也远远超出了所谓“民族复兴”的狭隘立场。面对全球化的历史洪流，当代汉语主体性的建立，必然是汉语文化或者说华文文化对于人类生存处境深刻有效的回答；这回答不可能是汉语的独白，必然是这个世界上所有语言众声喧哗的共同回答。百年白话在历史的长河中不过一瞬。对于一个有着几千年传统的语言，眼前这一切或许不过是它必然经历的一个过程。当历史的浮躁渐渐平息冷静之后，人们终会看到水落石出。何况，我们现在已经有了相当一批杰出的作家和作品。何况，汉语的写作早已经超越了国界的存在，日益成为一种国际间的普遍现象。更何况，我们这些说汉语、写汉语的不过是些匆匆过客，而汉语在我们之前，在我们之后都会日新月异，地久天长。

2001 年 7 月 24 日写

2002 年 1 月 1 日改定于太原

（本文是笔者为美国伯克利加州大学东亚学院原定举办的“论当代中国文学”国际研讨会所撰写的演讲文稿，此会后来因故取消。）

# 等待小说

我没有高产的才能。真的没有。

我总是这样写写停停的。每当写了一些小说之后总要停下来，就好像银幕上鲜亮的影像消失了，漆黑的放影厅里骤然亮起了灯光，被黑暗所隔绝的那个世界忽然走到眼前来，熙熙攘攘的人群，碰撞的肩踵，噪杂的声音，拖拖拉拉的脚步，然后，一切又都归于平静，一排又一排空着的椅子，在空空荡荡的大厅里，面对着一片空白的银幕。当眼前亮起来的时候，心的屏幕却在漆黑中关闭了。这种时候我就得等，等着被消耗过的情感和感觉慢慢地再积蓄起来，等到他们终于有一天漫过了漆黑的闸门，小说就会来到面前。

我这样写写停停的自然不会有什么高产，“一发而不可收拾”的境界是什么滋味从来也没有尝过。《厚土》之后我停了差不多三年，长篇小说《旧址》之后又写了《北京有个金太阳》和《黑白》两个中篇，这两个中篇被我放进一个系列当中，这个系列名为“行走的群山”。这已经是整整一年前的事情了。一年之中种种琐事，搬进一套新居，又和妻子一起费心费力地把新居装修了一番；去了一趟台北，参加一个华文小说研讨会，和所有的这类研讨会一样，在会上各自说些互不相通言不及意的话；领了一个有人数“定额”的文学奖，在颁奖会上发现来领奖的和来颁奖的似乎都不大像是只是为了文学；除此而外，还有许许多多难以计数的杂事……像是散不完的场，摩肩擦踵，人声嘈杂，这些嘈杂和碰撞慢慢在磨钝着感觉和心灵，有时候不免就觉得莫明的烦躁和厌恶。心里就渴望着那些空着的椅子和也是空着的大厅，渴望着在骤然而来的黑暗中一人的独坐。

当然，这一年当中也陆陆续续地写了二三十篇短文，都是散文随笔一类的，也都很短。我自己一直把这一类的文字当作是副业。就好比一个辛辛苦苦种田的农夫，趁着农闲的时候也会在窗前屋下种上几枝花，等到花开了，就可以坐在花下纳凉，看那花开花落，品一品赏心悦目的悠闲与从容。但这农夫心里很清楚，他是不能总这样悠闲的，靠这几枝花是不能养家活口，不能安身立命的。那个在田野里播种和收获的过程固然辛苦，却无时无刻不在吸引他，无时无刻不令他魂牵梦绕。只是我这个农夫有些不大称职，播种和收获的时候总是不去顾及节令和农时。有时就想，或许自己可以种点不同的庄稼，比如种树。那样就可以从容得多了，就可以不受节令和农时的催逼与操纵。种下几棵树苗，浇水，施肥，除虫，整枝。因为知道它们不会马上长大，所以，也就不急。一年，两年，三年……十年……总有一天，眼前会出现参天的大树。有了这参天的绿荫，就不必去想别人收获了些什么。这想法有点像自慰，也有点像自欺。可在那漫漫的漆黑当中一人独坐的时候，渴望的指尖，常常就情不自禁地伸进那诱人的绿叶之中。

总之，我知道，像我这样的写作方法就是花去一生的时间，也不可能高产，也不可能学会把写作这件事情职业化。可我只会这一种等待小说的笨方法。索性不再去想高产，不再去学能够轻松得多的职业化的写作。既然不会高产，也总该给自己的低产找一个理由吧。那理由是现成的：我这一生唯一选择了写作这个职业，而这个职业唯一的好处就是相对地比别人多一点自由；如果为了高产或是为了应付催稿而写作，那岂不是本末倒置？那岂不是放弃了自己一生唯一的选择？

1994 年 5 月 18 日写就

6 月 21 日增改于新居

# 比“世纪”更久远的文学

女士们、先生们：

各位说华语、写华文的女士们、先生们：

在开始我的演讲之前，我想告诉各位，我是从冰天雪地的冬天忽然来到鲜花盛开的夏天。反差之强烈有点像是神话故事。而这几天的“语言经历”对于我来说更是不寻常的。在飞越了高山大海，飞越了几千公里，远离了中国，从冬天飞到夏天之后，我竟然又来到这么多说华语的人中间，参加华文文学的评奖活动。我想，这一切之所以能够发生，原因只有一个——我们都是源自象形的方块字的使用者，我们都是方块字的后代。

使用华文的作家和诗人们最大的幸运和最大的不幸都是因为一件事情——我们在表达自己的时候使用的是源自象形的方块字。因为使用源自象形的方块字，使得我们在世界众多的拼音文字中卓尔不群。因为使用源自象形的方块字，也使得我们的诉说常常成为一种无人可懂的独白。在我们获得了最独特的同时，我们也常常被囚禁在最孤独的方块字的万里长城之内。

许多年来，在许多地方，这处境无时不刻地在煎熬着、纠缠着方块字的子孙们。许多年来，在许多地方，这处境无时不刻地在提醒着、强调着方块字的后代们的文化认同。

如果在世界上众多文化种类和族群中做一个鉴别，就会发现，我们几乎是唯一的从象形的原始思维方式出发，最终发展成为以方块字为标志的悠久文化。（虽然世界上也还有古埃及人、玛雅人和另外的一些象形文字，但是他们要么中断和流逝了，要么没有像华文这样极大地发展和成熟起来。）当别人从象形向拼音变异和转化的时候，我们的祖先却顽强地把象形字变成一片茂密的森林，并且早在公元前 221 年就统一了自己的文字。这种文字曾经写在甲骨上，写在青铜上，写在竹简上，写在宣纸上，如今又写在电脑的屏幕上。

——我们是一群从远古走来的象形的生命。

当我们这些象形的生命来到电脑屏幕上的时候，所谓“全球一体化”就不是一个遥远的概念，不是一个神话，而成为一种真实的现实，真实得就像门外边这个万木葱茏热气蒸腾的世界。在这个以英语为中心、为通用语的电脑网络世界里，在这个以发达国家的强势文化所主导的“一体化”的地球上，我们这些象形的生命，为什么还要坚持华文写作？我们写作的意义是什么？我们又以什么样的声音来回答这个“一体化”的“全球”？这都是我们必须思考也无法回避的尖锐问题。

在这次评奖活动中，我有机会读了一些马来西亚的华文作品。我看到欧洲、美国、新加坡、中国港台地区这样一些不同地区的生活都在作品中出现。在这样的阅读中深深地体会到所谓的“华文写作”，早已经是一个超越了“中国”这样一个地理概念的、国际性的写作实践和文化存在。此外，我也看到在许多作者的笔下和心里，对中国文化难以割舍的追问、怀恋、回忆。在对方块字的体会中，在对祖先和长辈的回忆中，在对古典诗词反复的引用、书写中，在对黄河、长城这样一些象征物反复的表述中，他们流露、表达出一种复杂的文化身份的确认。遍布世界各地的华人，远离了长城、黄河的方块字的使用者，在异国他乡，在完全不同的文化环境中所突现出来的文化身份，所长期经历的文化飘泊和文化融合，成为经久不息、感人至深的文学表达。

作为一个长期从事文学创作的人，作为一个生活在黄河、长城身边的人，我在这里想告诉大家的是，这样一种刻骨铭心的文化飘泊和文化认同，对于我来讲同样是经久不息、难以释怀的。因为我知道，自1840年的鸦片战争以来，这个世界上已经不再存在一个封闭自足的方块字的世界。方块字不得不在和许多拼音文字的碰撞、交流、吞没、激荡中存活。事实上，在一个半世纪的时间里，在经历了戊戌变法、辛亥革命、新文化运动、新中国建立、“文化大革命”等一系列大事件以后，方块字的书写者们一直面临着一个根本性的质疑和追求，那就是我们的书写和叙述怎样才能独特地、深刻地表达自己，怎样才能不落入对别人的模仿和复写。如果方块字的叙述只能成为别人的“副本”，那又何必非用方块字不可？近一个多世纪以来，一股又一股的大潮席卷了世界，一场又一场的新理论、新思想涂染了地球，方块字的书写者们到底贡献了什么？又到底能够贡献什么？

当然，这个世界上并没有一种固定不变的、本质主义的文化。所有的文化都是在交流、变化中形成发展的。文化不是写在纸上的定义，它更是一条来源多变、奔腾不息的长河。即便是有万里长城、有最独特的方块字的中国文化，也仍然是多种文化、多个民族长期交流融合的结果。无论春秋战国的百家争鸣，南北朝时期的民族大融合，佛教的广泛流传，还是元朝、清朝的建立，都在改变着、扩展着长城、黄河的象征意味，都在改变着、扩展着方块字的丰富内涵。已经有考古学家证明了，“中华文明”不是“大一统”的统一体，而是多种文明源流的汇合。但是在 1840 年之前，方块字并没有被裹进所谓现代化的历史潮流。在我的认识中，对于中国人来讲，“全球化”不是有了电脑网络以后才有的事情，而是从 1840 年的炮声中开始，至今仍然没有停止的过程。在这个过程中有一个具体而又深刻的语言现象，那就是随着血腥的殖民主义炮声，英语扩张成为世界的“通用语”，如今又在美国的“英特尔（Intel）”“微软（Microsoft）”“IBM”这样一些跨国公司的垄断下，成为“网络时代”的“通用语”。而华文却是在散落中漂泊四方。在欧洲和北美作家的作品被冠以“人类的”这三个崇高字眼的时候，在那个“人类”里常常并不包括我们这些源自象形的生命。这个不同的也是不平等的语言地位和语言处境，产生了无数不同的也是不平等的叙述和书写。这个决然不同的语言处境决定了对于所谓“全球一体化”的完全不同的描述和表达。但是，这个语言地位的不平等，并不能决定文学品味的高低。弱势文化的人并不同时意味着“弱势”的感情和“弱势”的生命体验。我想，对于殖民主义，马来西亚人有比中国人更长久、更深刻的体会。对此，印度裔的英国作家拉什迪在他的小说《撒旦诗篇》中，写过一句意味深长的话：“英国……国人的麻烦是，他们的历……历……历史发生在别处，所以他们不……不……不明白这历史的含意。”当发达国家、强势文化制定了并推行了“全球一体化”的方式和规则的时候，他们却永远无法规定历史的结果。正是在这个非人所料的历史长河中，流淌着活跃着古往今来的亿万个生命。这就好比埃及的金字塔、中国的万里长城和罗马的万神庙，它们无疑是当时强势文化的产物，可它们并没有像它们的建造者、制定者所希望的那样成为帝国永存、法老永恒的保证，成为永远强大的保证，它们最终只是留下了生命的痕迹和智慧的象征。

据说，就在我们的讲座进行的时候，一个“新”的世纪，一个“新”的千年正在接近。再过十几天，旧的世纪、旧的千年就要结束。最近以来这几乎已经成了一个非说不可的话题。而事实上所谓以“世纪”来纪年的“公元”，不过是西方人计算时间的一种方法，“公元”“公里”“公斤”也都是在强势文化的推行中在这个世界上“公”起来的。一种人为的时间尺度不应该也不可能成为文学和思考的门槛。文学是一个比“世纪”长久得多的事情。远在人类还没有“世纪”这样的时间概念之前，这个世界上早就产生了荷马史诗、古希腊悲剧和诗经这样伟大的文学和艺术。而屈原的仰天长叹，李白的浩歌狂想，曹雪芹地久天长的悲凉，都是因为他们用源自象形的方块字写出了自己的故事，对于他们既不存在什么“世纪”，更不存在什么“主义”和“全球化”的潮流。可是谁也无法否认他们的作品既是对于自我生命的深刻表达，又是对于整个人类的丰富和贡献。这一个世纪以来，在源自象形的方块字四处漂流的经历中，为我们留下了不朽作品的鲁迅、沈从文、老舍们，也绝不是因为他们用自己的文字印证了别人的理论和体验。正是因为有他们的文字做证，我们才可以肯定地说，所谓“全球一体化”是一条千差万别的苍茫之河。在这个非人可料的历史洪流中，我们驾乘着自己方块字的木舟，远离家园四处漂流。无论是昆仑山还是黄河，无论是基纳巴卢山还是劈雳河，都不会是生命和精神永恒不变的家园。无论是金字塔、万里长城还是万神庙，都不可能一劳永逸地为我们解决精神和情感的困惑。金字塔、万里长城、万神庙代替不了的生命体验，我们眼前这台万能的说英语的电脑照样还是代替不了。在有网络神话之前，人类已经有过太多太多的神话。“他们的历史”发生在“别处”，而“我们的历史”也正发生在“别处”。让我们用方块字记录下这刻骨铭心的一切。让我们用源自象形的方块字讲述自己的故事。并用这故事为自己留下生命的航标。在我们的前面已经有许多人这样做了，我们不过是把别人做过的事情坚持不懈地做下去。

谢谢大家。

1999 年 12 月 11 日于太原

（此文是笔者应邀担任《星洲日报》“花踪文学奖”评委，于 1999 年 12 月 19 日，在吉隆坡汝莱学院第五届“花踪国际文艺营”上的演讲。）

# 文学的权力和等级

大约十年前，所谓“先锋小说”正在中国大陆兴起，并且很快从一种“优势”变成一种时髦，按照当时流行的看法，好像凡不是“先锋”的也就不是好小说好文学，起码是陈旧、落后、过时的货色。先锋小说家和先锋批评家，在当时的中国和所有的进口货一样，代表着“先进”、“高级”、“时尚”和不容置疑的优越。（当然，进口货如今已经没有这么风光了。）那时候能被列入“先锋小说家”的行列是一件很荣耀的事情。于是，在某些批评家的笔下就出了一批很风光的“中国的卡夫卡”“中国的博尔赫斯”“中国的罗伯-格理耶”。似乎在每个中国先锋小说家的前面，都必须有一个外国的大师做比照、做招牌，才够档次，才够先锋。（成一先生有个精彩的比喻，他把这叫作“副本效应”。）当然，事情发展到这个地步实在是有点奇怪，本来先锋或前卫就意味着和潮流的对抗，与社会主流的疏离，被大多数人拒绝，而绝无可能成为风光的时髦。想想当时中国的政治背景，这事情就更奇怪。（在我的认识中，中国真正的先锋小说绝不只是这种流行的东西，他们对于中国当代文学叙述形式的突破，对于文学观念的创新，对于现代汉语文体的丰富都是有相当贡献的。尤其是当流行的观点把先锋小说简化成“中国的某某某”的时候，除了他们浅薄的臣服心态而外，更忽略了中国先锋小说对中国人精神处境和中国文化传统深刻的内省与表达。而且我相信，有些先锋小说的作者，恐怕也很难接受那个流行的标签。）很凑巧，我就在上面那样的流行气氛中离开中国，去了美国，沿密西西比河南下，来到福克纳的家乡。与我同行的美国朋友是我的翻译，是南方人，很为南方出了福克纳这样的大作家而自豪。因为我是个写小说的，所以一路上免不了小说的话题，也就提到了中国先锋小说。也许是因为来到了福克纳的家乡吧，他也谈论起他对先锋小说的理解。一天午饭之后，我们两人走进一家书店。他随手从书架上抽出一本书，叽里咕噜地念一阵英语，然后问我“这本书读过吗”，他知道我不懂英语，即便他大致翻译的书名，也无法和我读过的译作对上号，我只好摇头。他又抽出一本，又叽里咕噜地念一阵，然后又问“这本书读过吗”，我只好再摇头。就这样重复了四五次。他忽然很决断地说：“这么多都没有读过，写什么先锋小说？”我立刻明白眼前这位美国人说的不是小说，也不是什么先锋小说，他在说一种权力，他在表达这种权力分出的等级。我也立刻就明白，一路上所有关于文学的话都算是对牛弹琴。为了让他能明白他自己说了什么，我只好又提起他深感自豪的福克纳。我说，福克纳当年也是一位先锋小说家，而且是一位了不起的先锋小说家。他很自豪，也很赞同。他说，是，当然是。我说，可惜，福克纳当年在美国文学艺术界根本得不到认可。他当时在美国默默无闻，他的一些书在美国甚至都已经绝版。福克纳是在欧洲轰动、出名以后，美国人才明白自己家里原来有个大师。我这样说的时候，那位美国朋友的脸忽然很红，不过他很诚实，他说，是……是这样。我们关于先锋小说的话题也就到此为止。我知道我们当时所讲的都不是文学本身的问题，似乎更像是一个权力和等级的问题。可是，关于文学的权力和等级，从来都无法从文学欣赏和文学评价中排除，甚至无法从文学创作中排除。文学的权力和等级，从来都是一个文学必须面对的非常尖锐的问题。本来是超功利的审美，却常常被权力和等级的阴影遮蔽了眼光。我自己虽然在中国无幸列入“先锋”的“光荣”行列，但却如此强烈地感受了一次中国先锋小说在国外的等级和地位，或者也可以说感受了一次中国当代文学在国外的等级和地位。

记得汪曾祺先生在世的时候，曾经也给我讲过一次类似的“文学经历”。他在美国参加一个文学研讨会，发言的时候曾经提到鲁迅，等他讲完了话回到座位上，身边的一位美国作家问他：“Who is Lu Xun？”（谁是鲁迅？）汪先生说他只能哭笑不得。这就好比问这位美国作家：美国在哪儿？正是在这种近乎无意识的忽视、无知当中，你可以看到等级的闸门是如何断绝了任何沟通交流的可能。

现在世界上有个时髦的话题，叫作“全球一体化”。撇开政治、经济等复杂的问题姑且不提，如果文学的“一体化”是按照上边这样的语言权力和等级来进行，这个地球上真不知要淹没多少最宝贵的文学。更可悲的是，在所谓的发展中国家，在所谓的弱势文化中，对于这种强势文化所确立的权力和等级的臣服，竟然也常常是最为时髦的潮流。当这种外在的权力和等级的划分，演变成为不言自明的内在尺度的时候，也就意味着创造性的枯萎，也就意味着一种文化、一种语言自我消亡的开始。我之所以在这个讨论中国当代文学的国际会议上提出这样的问题，是因为在这个充满了权力和等级的世界上，权力和等级不仅常常成为别人不平等地看待中国文学的尺度，它也常常成为中国现当代文学丧失自我的弊病。这两方面的谬误交叉混杂在一起的时候，讨论中国现当代文学就是一句空话。我在这里提出的实在只是一个最简单、最基本的问题。我在这里呼吁的不过是一种艺术审美的平等，一种语言表达的平等。但是，没有这个前提，也就没有任何深刻探讨的可能性。我必须指出的是，在这种双重的谬误之中，中国现当代文学还是留下了，也发出了清醒深刻的声音和文字。在对别人也对自己的追问之中，在这难以言说的双向煎熬中，这些清醒深刻的表达，尤其显示了语言的丰富性，尤其显示了文学艺术的价值，尤其显示了人的尊严和创造性。这也是我们今天可以来讨论的应有前提。在我看来，在抛弃了那些权力和等级的偏见之后，鲁迅、沈从文、老舍们，是和乔伊斯、卡夫卡、福克纳、加缪们一样伟大的作家；而史铁生、韩少功、莫言、张承志们的代表作，和现在世界上所有杰出作家的作品一样震撼人心。尽管我知道，已经做到已经达到的境界，和能够被人理解被人认识的境界有时会相差很远很远，这样的落差不知曾经埋没过，又最终突现了多少辉煌和短见。事实上，中国人在一百五十多年来的失败、挫折、绝望、希望和不息的奋斗之中，在别人的侵略、压迫、屠杀、歧视和自己的灭绝、窒息、虚妄、再生之中，所体验、所经历的生命的历程，所获得、所经历的人的历史，是那些所有的世俗荣誉、所有的权力和等级都无法理解也无法衡量的。

想当初，法国的拉伯雷、巴尔扎克们用不着担心被可口可乐广告和好莱坞淹没；中国的李白和曹雪芹们，也用不着为了自救而发动一场“白话文运动”，以便让世界和别人听懂自己的声音。在这个越来越现代化、越来越“一体化”的世界上，反倒是对于有了无数文学理论，有了无数文学流派，也有了无数次研讨会的我们，摆弄文学艺术竟然成了一件最困难最复杂的事情。甚至连分辨什么是文学什么是艺术也成了众说纷纭的疑案。我们不得不在一个越来越拥挤的地球上，我们不得不在一个越来越拥挤的语言空间中反复遭遇别人，也反复遭遇自己。

中国自“文化大革命”结束以来，自改革开放以来，再一次从一种自我封闭的状态，无可回避地走进了剧烈变化的世界。中国当代文学也无可回避地走进了一张充满权力和等级的世界文学地图。然而，我们创作文学，我们坚守各自的语言叙述，不是为了满足权力和等级，而是为了刻骨铭心地表达生命，而是为了人永远不被权力和等级所限制，所奴役。不错，这个世界上并没有只针对中国文学的特殊标准。中国人没有特权也没有可能为了自己的发展，为了自己的文学，而要求一间躲避风雨严寒的温室。这个地球上也没有一间这么大的温室，可以容下十二亿五千万人的命运。

今天，我们能从世界各地来到巴黎，参加这样一个中国当代文学研讨会，这是一个好兆头。当然，我们不会天真到以为开了这么一次会议，或开上几次会议，出了几本书，我们就可以来到理想美好的平等世界。为了免受失望的痛苦，为了不至于陷入虚妄的自欺，我们不妨把那个叫作“理想”的东西远远地放到一个看不见的地方。然后，再开始我们的努力。中国有一句格言，叫作“只问耕耘，不问收获”。或许平等和自由从来都是一个不断努力的艰苦过程，而不是一个可以抵达的美好彼岸。

在一次仅仅二十分钟的发言中，我不可能再说得更多。在权力和等级之外，关于语言、关于文学自身可以说的话题还有很多很多。我愿意用自己以前说过的一些话来结束自己的发言：

> 我们这些用源自象形的方块字写小说的人心里都明白，自己的写作首先是给说汉语的人看的——这个“首先”很重要，因为这个看似不经意的不言自明的“首先”，给了我们一个难以违拗的出发点：在我们之前，这种从公元前 221 年就统一了的文字，已经被祖先们从未间断地使

用过两千多年了；这两千多年的叙述和使用，无论把它当作光辉的传统还是当作沉重的包袱，那都是一个命定的赋予；就好比父亲母亲的选择是一件由不得自己的事情。当然，这个命定的赋予并不意味着我们只能画地为牢，更不意味着我们的作品仅仅被拿来充当“大陆文学”“台湾文学”“香港文学”等这种分门归类的标本。如果真的是这样，那我们写出来的肯定不是好作品不是好文学。现成的例子就在眼前摆着：用法文写出来的《巴黎圣母院》和《弗兰德公路》，用英文写出来的《哈姆雷特》和《喧哗与骚动》，用西班牙文写出来的《堂吉诃德》和《百年孤独》，都不被我们看成是一种“地方文学”，或者仅仅看成是某一个国家、某一个地区、某一种语种的文学，我们宁愿把它们统称为文学。就像我们把诗经、楚辞或是《红楼梦》也都不言自明地统称为文学一样。

近一个世纪以来，以源自象形的方块字写作的华语作家们前赴后继，从未停止过自己的叙述，从未停止过对那个文学之峰的艰险的攀登。只是这条迂回曲折的攀登之路，时常不免过于艰难。我们的叙述有时在别人的偏见之中变成一种“方言”的独白；有时又在自己的迷失中变成一种对他人的转述和重复，而且转述重复得天花乱坠、忘乎所以。这两方面的误会不免叫人常常感到透骨的悲哀，和这悲哀的无用。

如果我们不想被别人的偏见和自己的迷失所淹没，我们就不能停止自己的叙述。在一个古老文明一百五十多年分崩离析、生死交替的悲壮历程中，我们应当留下自己的叙述。在这叙述中，我们会刻骨铭心地看见自己无数的喜怒哀乐，无数的生离死别。

——这叙述既属于我们自己，也理所当然地属于这颗星球上的人类。

谢谢大家。

1999 年 9 月 1 日写

12 月 1 日改定于太原

（此文是作者为 2000 年 3 月在巴黎举行的“中国文学：继往与创新”研讨会所做的第二个演讲。）

# “现代派”：一种刻骨的真实，而非一个正确的主义

写过《五号屠场》的美国著名现代作家库特·冯纳格特（又译冯内古特），还有一篇也是很著名的长篇小说叫《囚鸟》，发表于20世纪70年代。小说中曾描写主人公蹲在监狱里回忆起二次大战之后，他和妻子露斯的恋爱经过。刚刚从纳粹的集中营里走出来的露斯一再拒绝求爱，拒绝结婚，她认为人类“只会制造没有必要的悲剧，因为他们智力低下，不足以完成他们本意要做好的事。……我们人类是一种疾病，虽然患及的只是宇宙中的一星一点，但能够逐步蔓延”。这个历尽劫难的姑娘甚至认为：“最好是大家都不再生孩子，最好是人类不再继续存在！”面对着这样彻底的悲哀和痛绝，你不能不感到深深的震撼；你不能不被迫使着从自己平庸、琐碎的日常生活中猛醒过来，眼睁睁地看着这样一个令人寒彻心脾的真实。当芸芸众生耽于欲望的浮云在眼前吹散的时候，脚下露出来的却是一个无底的深渊……面对这样一个历史、社会和人生的真实，导演出了西方现代文明种种剧烈而深刻的演变，也导演出了种种西方现代艺术所汇成的难以倾诉的绝唱。当用自己文明的全部成果所建造的神圣殿堂在眼前崩塌了的时候，艺术家们坐

在真理的尸体上，唱出了人类有史以来还从未遇到过的无可信仰，甚至无可悲哀的处境……这一切给予人的生命体验是如此的刻骨而真切，即便有了战后繁荣的重建，也还是无法将这一切遗忘或抹去。他们别转头来，再也不相信会有拯救，此时此刻一息尚存的生命才是唯一具有价值的，这个真实的生命也便是真实的一切，在这生命中包含了所有的过去、现在和未来。

——这就是我所理解和体验到的现代派艺术，和“现代派”这三个字的真实意义。

当我以这样的理解和眼光，朝着中国文坛上从所谓“意识流”而发端至今的种种“现代派”文学作品看过去的时候，常常是（但不是全部）看见一种反向运动。不知为什么到了我们这里，现代派在真诚者的手里变成了对自我的肯定，变成了执行真理的义举，变成了通过努力而值得达到彼岸。在我们这个大一统的文化天幕上，蓦然闯进来现代派这颗撩乱了视线的希望的彗星。不管现代派原本有着怎样截然相反的价值取向和哲学意味，可当它来到中国这块至今仍然需要以反对封建求解放、求进步、求生存的土地上时，便在欢呼和反对的合力中身不由己地改变了原来的轨迹。莫非真有淮南为橘、淮北为枳的怪事吗？早在世纪初我们的民族精英们就呼唤“德先生”和“赛先生”，七十多年过去了，“德先生”不来，“赛先生”也不大肯来。非但不来东方救助众生，两位先生反而在西方出了差错：“德先生”生出法西斯的怪胎，“赛先生”造出核武器的灾难，一场大战，两位先生斯文扫地，于是才有了西方剧烈而痛苦的价值和信仰的崩溃与再造。而当其时，我们中国人却挥舞着“语录本”退进中世纪式的黑暗，在这个历史的落差之中，我们陷入的是双重的幻灭。为了反封建，除了“德先生”和“赛先生”我们似乎别无选择。现在，我们又不得不把现代派也送上了反对封建文化传统的战场。可做了这选择，我们也就在做着与现代西方重建价值的反向运动，这是两个完全不同的“轮回”。别人的心血在一派阴冷和黑暗的世界里冻成彻骨的冰柱，我们却想着把冰柱点燃成为引路的火炬。那个别人眼里的暗夜，竟被我们看成了寄托希望的当空的太阳。尽管中国人、西方人共同居住在一个星球上，但截然不同的文化传统却赋予了人们完全不同的历史命运。这本是一场起点、终点、跑道、规则都不相同的马拉松长跑。能否理解对方的文化价值是一回事，能否有随着那个文化传统与生俱来的一切人生感受又是另一回事。对着一面哈哈镜仪态万方的人应该明白，镜子里的那一位不是你自己。人类的处境最终是一种赋予而不是一种选择。正是在这个意义上造物给予了五十亿条生命一种同一的平等：不存在东方、西方的优劣，不存在白人、黑人的差别。只是这平等正在变得越来越拥挤，这赋予正在变得越来越无可逃避。这个双重的幻灭所给予我们的无以诉说的悲哀，岂是一把功利的尺子可以度量？

可悲的是，在我们这里现代派又遇上了更为尴尬的遭遇，它身不由己地被拉到以论对错而始、以比高低而终的这么一个功利而实用的怪圈里来。我们这个以看重名分为第一，以“名正”为最要紧的民族，遇到了“现代派”竟也还是幻想着一个“正统”。有那么一个时期，我们从“创作的主体性”而跨进了“评论的主体性”，进而又从“主体”进入了“文体”。为了丰富那个“主体”，我们请来了弗洛伊德、萨特、荣格、马斯洛，又请来了尼采、索绪尔、苏珊·朗格，等等等等。（我得承认以上诸君的书有些我也读过，而且获益匪浅，今后打算继续读下去。）一时间文坛、论坛百家争鸣，热闹得有如一个夏日的蛙塘。突然地，斜刺里刮来一阵冷风，顿时就都阒然无声，噤若寒蝉了，蛙塘变得有如墓穴般死寂，不见有任何一丝一毫的“主体”或是“人格”敢再冒出来。（我得承认，我并无不死寂的壮举。）我就想，所谓“现代派”这码事情，对于我们不是不学，而是不配！

也许是我们过于渴望那个名分了，据说我们现在已经有了“大师级”的现代派作家。（这顶桂冠不是作家自吹的，是评论家慷慨奉送的。）可正当我们为自己的现代派“大师”的名分争红了脸的时候，那个现代派的原产地，却早已又生出许多“后现代派”的大师和“后现代派”的理论家，这多少有点叫人泄气——为什么我们的“大师”就非得是一个望人项背的“大师”呢？为什么我们非得照着别人的尺寸塑造自己的“大师”呢？我们需要的也许不是各种级别的“大师”，我们需要的是自己生命真实的记录者；我们需要的不是“很像”的“现代派”，我们需要的其实只有自己，也只剩下自己。要做到这一点，并不需要太高的“智商”，只需要用刻骨的诚实来面对自己，面对我们身处其间的双重的幻灭。

也许，当我们义无反顾地做到了这一点的时候，却在不期然之中汇入了席卷世界的现代潮流。

1988 年 9 月 14 日于太原

# 景下天湖西

这题目得来得实在偶然。可没有这个题目也就没有这篇文章了。这题目原来是印在塑料包装袋上的，包装袋里装的是纸巾，妻子频频拿出纸巾来擦手擦脸。有一天我无意中对那些塑料袋扫了一眼，脱口把印在上面的一行字念了出来：景下天湖西。念出来就知道错了，因为那上面分明印着些景致，尽管粗糙，但还是能大致分辨出断桥、苏堤、灵隐寺之类——人家说的是西湖，这五个字不该从左往右念，应该反过来：西湖天下景。醒悟之间不由得对自己的“景下天湖西”笑起来。等到笑过了，却又不由得对“景下天湖西”所造成的语意的彻底颠覆，和对传统意境的彻底的打碎感到愕然。

提起西湖，中国人的联想也就太多。爱得惊天动地的白娘子，躺着的岳飞，跪着的秦桧，倒了的雷锋塔，高耸的灵隐寺，妇孺皆知的“三潭印月”“苏堤春晓”，等等等等，当然还有苏东坡冠绝千古的赞词“欲把西湖比西子，淡妆浓抹总相宜”。所谓“上有天堂，下有苏杭”，千百年来，这人间天堂里真不知放了多少中国人的白日梦，怀旧的，伤春的，把酒月下的，泛舟湖上的，感慨社稷的，寄情青楼的……取一瓢西湖水便能品味出中国人三千年的情怀。西湖已经不是一个地理概念的湖，也不是一个旅游概念的风景地，西湖是中国人特有的一种情结，西湖是一个积淀和包含了无数情怀和感触的专有名词，西湖是一种传统，西湖是一种古典。西湖是活着的白居易和苏东坡。所以，杭州人就很骄傲，就很自豪，就说“西湖天下景”。

可惜，这“西湖天下景”是印在塑料袋上的，白底蓝图只有两色，印得很粗糙。可惜，这“西湖天下景”，如今是拿来给消毒纸巾做广告画的。白居易、苏东坡改换职业做了推销员。更可惜，这“西湖天下景”竟然被我念成了“景下天湖西”，一时间，传统的现代的都被打碎得七零八落。像一座用积木搭好的宫殿，转眼被推倒了，零零散散摊开一地，谁也说不清它原来是什么，现在又是什么。

颠覆这个词过去常见于政治文件当中，这两年常见于文学评论家的文章中，语言的颠覆，故事的颠覆，时间、空间的颠覆，传统阅读习惯的颠覆，传统审美观念的颠覆，传统小说的颠覆，颠覆来颠覆去就有了“先锋”和“先锋的小说”，且不论先锋的定义怎样下，但只要还叫小说，头上还戴着小说的帽子，就还没有被颠覆到文学之外去，就还得当文学作品来看来读。只要小说没有发展到用手摸摸就能懂的水平，只要写小说依靠的还是语言文字，在本质上就没有变。作为两脚直立动物的人，可以站着看世界，也可以躺着看世界，高兴起来当然也可以把自己颠覆一下，头朝下脚朝上两手撑地看世界，但是不管怎样，都是人在看，而且能够让看的世界只有一个。

有一个现象考察起来很有些深意。随着西方现代艺术的大潮溯流而上，我们就会看见在一个时期内，各门艺术都曾不约而同地发起过一场对于文学的大逃亡。音乐带着自己全部的声音站到五线谱上，美术带着自己的色彩、线条和构图紧紧地贴在画布上，雕塑带着自己的造型、材料和空间骄傲地矗立在所有博物馆的外面，就连和文学血缘最深的舞蹈也蹦蹦跳跳地远离文学而去，人人都在逃避文学性，任何一点文学性的掺杂都意味着自己艺术门类的死亡，意味着自己艺术语言的不够纯粹，意味着品味和情趣的低下。在摈除了原来的渗透性与兼容性获得了各自的纯粹之后，大家又都经历了从形而下的再现向形而上的表现的嬗变，经历了从理性到非理性的剧变，从写实而写意，从具象而抽象，从清晰而混沌。一时间流派纷呈，大师、杰作层出不穷，繁星似锦蔚为壮观。于是有人说，不同的时代有不同的艺术为主导，文学做主导的时代一去不返了，现在是美术和雕塑的时代。这话听来叫人难受。于是，那间分家以后空荡荡的老屋里就有了些不凡的举动，既然不管怎样逃也还是得被人指着叫文学，既然自己不能逃出自己，那就颠覆，颠覆那个使用了上千年的语言。为此，借助过心理学，借助过存在主义、结构主义、解结构主义，以及各种各样的新主义新思想，一直闹到有人把不同内容、不同时间的报纸上不相干的字母们剪贴成小说。可是颠覆来颠覆去，每天早晨起床以后肚子咕咕叫起来的时候，还是要说“我饿了”，这句“语言”和一万年前大约没什么两样。这实在叫人气馁。尽管人类一开始的“语言”后来变成了“文字”，但它们还是和数字与方程式这类工具性的符号系统不一样，语言是和生命不可分割连为一体的。人类这个物种除了两脚直立，会使用劳动工具这样两个基本的特点之外，还有一个最不可剥夺的特点，就是只有人类会使用语言，只有人类可以用语言描述自己的内心世界和外部世界。不会说话的人是残疾人，永远停止说话的人是死人。人无法颠覆自己。人也没有能力颠覆自己。造物赐人以肉身的同时赐人以心灵，语言是联结肉身和心灵的纽带。肉身和心灵联通在一起的才是人。语言不是人创造的“工具”，和外国人的拼音文字相比，中国人源自象形的文字尤其不是工具。语言是造物给人的界定，就像我们的大脑和双手是进化而来的一样，语言跟着我们的肉身和心灵一起进化而有今天。

语言是造物给人设下的永远无可摆脱的命运的锁链。

有位朋友写过一篇精彩的短文谈论音乐，他说，声音大于音乐。就语言和文字来看同样也是语言大于文字。人类从结绳记事到岩石上的涂抹，从甲骨文到青铜器上的铭文，最后才有了成熟的文字符号流行于世。全部的文字历史加起来不过三五千年，而人类的历史百倍于此。在文字之前早已有了语言。文字的产生方便了人类，但自从文字产生的时候起，也就有了文字对于语言的疏离，有了文字越来越多的“工具性”，有了书面语和口头语的差别。看看汉语文言、白话的不同，就知道这差别有多大。但是文学家的天性或说人类的本性就是趋向于鲜活的生命而不是僵死的工具。诗仙李太白天马行空恣意纵横，所谓“斗酒诗百篇”；词圣苏东坡更说：“某平生无快意事，惟作文章，意之所到，则笔力曲折，无不尽意。自谓世间乐事，无逾此者。”他们在自己词句的排列组合之中得到的是快感，得到的是生命之流汹涌澎湃的宣泄。所谓“大音希声”说的是音乐向声音的靠拢，说的是最丰富的原声的表现。所谓“大美而不言”说的是语言文字向原生态的回归，说的是最丰富、最深刻、也最感人的生命本体的呈现。真正的作家天生讨厌文字，而喜欢语言，尽管他不得不终其一生扛着文字的重轭。作家就是这样一群扛着文字重轭的劳作者，他们时时刻刻都在幻想着把这重轭扔到地上，可他们又注定了要永远被绑缚在这重轭之下在语言的莽莽密林中耕耘，他们撒下的是生命，收获的是诗和小说。他们知道声音大于音乐，语言大于文字。因为语言与生命同始同生，因为语言是浩荡的海洋，文字只是被海浪冲到沙滩上来的美丽的贝壳。把贝壳拿在手里颠覆来颠覆去的人不是作家，只是一些哗众取宠的游戏者，因为他们只爱贝壳，不爱大海。

我想类似《喧哗与骚动》和《弗兰德公路》那样的颠覆，与其说是颠覆不如说是挣扎，福克纳和西蒙从繁星似锦的语言的天幕上忘情地纵身而下，那一道耀眼的弧光告诉人们难以猜测也难以想象的语言的深渊。

然而，“景下天湖西”留给我的愕然和尴尬，还是令人久久不能释怀。颠覆固然是颠覆了，可颠覆之后获得的又是什么呢？难道只为了破坏的快感？难道只为了要这零零散散摊开一地的碎块？这样想着，不由得对自己的迂阔和背时深觉可怜。在白居易、苏东坡改行做了推销员，在“西湖天下景”被拿来为消毒纸巾做广告的今天，你还想和谁相遇呢？一个现代人也许注定了永远不会和古典相遇了——“弃我去者，昨日之日不可留。乱我心者，今日之日多烦忧”。既有今日何必当初？但是当初不可挽留地越去越远，今日又不可逃避地逼在眼前。留下来的，只有尴尬和愕然。

壬申年四月廿九

1992 年 5 月 31 日苦笑于“无用斋”

原载于《上海文学》1992 年第 11 期

# 本来该有的自信

“展望21世纪华文文学”这样的大题目是最难做的。至少我自己没有这样的能力。而且我相信，如果英文文学、法文文学或是阿拉伯文文学都“展望”一下，大家得出的结论肯定不会相同。关于文学的发展有很多极为复杂的原因和动力，这被许多理论家分析过，也有过许多完全不同的结论。在众说纷纭的原因当中，只有一条是可以肯定的，那就是文学的发展和一种人为确定的时间界限是无关的。人们对于不同时代文学的划分，是一种向后看的结果，它最大的理由是为了论述的方便。在用“世纪”划分年代之前，这个世界上早已经创造出了许多种文字和口头记录的伟大文学。这些文学都和“世纪”无关。我们使用源自象形的方块字已经有几千年的历史。在所谓“公元”之前，和“公元”之后的数千年里，方块字的文学发展和“世纪”根本无关。屈原、李白、关汉卿、蒲松龄、曹雪芹们，也都根本没有“世纪”这样的时间观念。可这并不妨碍他们创造出最杰出的文学。

相比之下，华文文学和“世纪”无法避免地相互纠缠在一起的时间不长，从严复、林纾的时代算起，总共才一百年多一点。但是，这一百多年是方块字的文学变化最巨大、最深刻的一百多年。在这一百多年里，我们先是被别人用坚船利炮逼迫着改变自己，接着又用一场又一场的革命改变自己。这一百多年，我们几乎一直是在急于改变自己。于是，我们不但改变了自己的时间观念，改变了自己的空间观念，改变了自己的价值伦理观念，也改变了自己的审美观念，我们是从里到外地改变了自己。“天下”已不再是以前的“天下”。“中国”已不再是以前的“中国”。家园已不再是以前的家园。方块字的文学也永无可能再是屈原、曹雪芹曾经熟悉的模样。在这场巨大变化的背后隐藏了一个普遍的危机，那就是当空间和时间的概念变得越来越大，越来越“世界化”“全球化”的同时，人们的内心却变得越来越小，越来越窄，在那个别人给定的世界化、全球化的标准之外，几乎别无一物。唯一担心的是自己为什么不像别人？自己为什么不是别人？自己怎么样才能变成别人？这几乎是一场毫不犹豫的自我取消。文化批评家萨义德，把这个过程叫作西方对于东方的“东方化”。而我宁愿把外在的殖民、别人的“东方化”之后的那一切叫作自我殖民。

1999 年 12 月，我受《星洲日报》之邀来到马来西亚，参加“花踪文学奖”的评奖活动，并在槟城、新山等地做过演讲。第二年，我发现我在马来西亚的演讲被人引入一场争论之中。有人向一位西方汉学家提问说，李锐在马来西亚曾经说过：“曹雪芹是比莎士比亚更伟大的作家，你同意他的这种说法吗？”提问的人提到的“李锐说过”是一个缩写和简化的

“说过”。当时报纸上有关的报道我也看过。我记得提到莎士比亚和曹雪芹的时候，我的原意是说，他们之中一个是在一场文艺复兴运动的大背景下产生，而另一个只是在黑暗中凭着良知做出的孤独探索。他以一个孤独者的良知和才华，同样表达了深刻的人道精神和思接千载的慈悲情怀。他们都写出了伟大的作品，但是那个孤独者的探索更显得可贵、伟大。在我的讲话里并没有谁比谁“更伟大”这样的简单判断，我所强调的是他们截然不同的历史处境。在我看来，说李白比杜甫更伟大，或者说曹雪芹比莎士比亚更伟大同样是没有意义的。那都已经不是以审美的态度来看文学。在这里，报道者或引用者是否简化了我的意思，不是我想谈的问题。即使是排除了理解是否准确的判断，任何一张报纸在做有关报道的时候，都会对事件做一番选择和简化，哪怕只是为了版面的限制也必须缩写和简化。我之所以特别在这里引用这个例子，是因为它非常微妙地展示了一种复杂的心态。

如果对马来西亚华人、华文的历史稍有了解，就可以理解为什么我的讲话变成了“曹雪芹比莎士比亚更伟大”。那是一个长期受到压抑、歧视、排挤、剥夺的人群，在情感和语言上的直接反抗。这种反抗带有它充分的道义、情感的合理性，与此同时，却也附带了一种非此即彼的简单逻辑。希望用简单的否定来填满那个不平等的深渊。这在所谓的发展中国家，在有过被殖民历史的地区，是一种非常普遍的行为和思维方式。反过来，这个缺陷立即被简单地本质化为“极端民族主义”“民族主义狂热”等罪名，变成对所有发展中国家人民的指责。所谓“民族主义”的简单指责，已经成为掩盖压迫和剥夺、掩盖不平等的最好的理由，已经成为一切发展中国家和人民的“原罪”。而这样的行为和思维方式，在所谓发达国家，在有过殖民历史的国家中也是非常普遍的。以这样两种思维方式来对待曹雪芹和莎士比亚，引出的争论必然是如此这般：

“你竟然说曹雪芹比莎士比亚还伟大？你显然是一个极端民族主义者！显然是在奉行文化原教旨主义！”

“你说莎士比亚永远是最伟大的，是一切文化的典范，无非是在顽固地坚持殖民主义的文化立场！显然是个欧洲中心主义者！”

这样的相互简化，离真实和理性越来越远，离真正深刻的理解也越来越远。这种理直气壮的争论，几乎是立刻就把文学淹没在意识形态的政治判断之中。尽管我知道如今国际流行的文化气候是“政治正确”，但在我看来，文学要表达的是和政治完全不同的东西，文学要比政治宽广得多！一个中国母亲失去了孩子，和一个英国母亲失去了孩子，她们的痛苦是同样的，这用不着事先选择意识形态和政治立场。因此，在所有的意识形态和政治判断之外，曹雪芹和莎士比亚深刻表达的生命悲剧同样是文学，同样是伟大的艺术，这才是文学得以存在的源泉和理由。也正是在这个意义上，所有不同语种的文学所创造出来的作品都是平等的。所有关于“欧洲文化中心”“中华文化中心”“美国文化中心”的判断都是一种历史的局限和幻想，都是一种为了某种权力和利益而制造出来的神话。我知道，我这样讲文学、文化的平等是一种理想的想象。而理想这种东西几乎从来就没有人看到过。在我们生存的这个星球上，人们看到的是世世代代的剥夺和不平等，是世世代代自己的戕害和别人的压迫。但是，在有所谓的殖民主义、国际垄断、专制主义之前，伟大的文学不是早已经存在了吗？在所有的殖民主义、国际垄断、专制主义横行的同时，人们不是也一直在创造着伟大的文学和艺术吗？难道在所谓的“欧洲中心”“文化原教旨”“民族主义”之外，莎士比亚和曹雪芹真的就没有任何另外的意义？被人剥夺、被人压迫、被人不平等地对待，已经是一种极大的不幸，为什么还要用这不幸的愤恨去污染文学，为什么还要因为别人的压迫而诋毁最可宝贵的生命表达？最可悲的是，为什么还要把别人世世代代的剥夺和歧视，内化成自己唯一的判断尺度？用人世间压迫、剥夺的尺度，在世界文学的版图上划分优劣和等级，岂不是对文学、对人类最大的讽刺？

不错，古往今来，文学的存在从来就没有减少过哪怕一丝一毫的人间苦难。可文学的存在却一直在证明着剥夺、压迫的残忍，一直在证明着被苦难所煎熬的生命的可贵，一直在证明着人所带给自己的种种桎梏的可悲，一直在证明着生命本该享有的幸福和自由。

我们也许无法预测 21 世纪的文学走向，但我们却可以相信文学所必然要做出的努力。这无数努力所得出的结果，不管它是华文的、英文的、法文的、阿拉伯文的、马来文的，或者是任何一种我们并不熟悉的语言文字所写成的，它首先应当是我们都深爱的“文学”。这是所有写作者本来该有的自信。

2001 年 8 月 25 日写

10 月 5 日改定于山西太原

（本文是笔者为马来西亚《星洲日报》2001 年 12 月 8 日举办的第一届“世界华文文学奖”所撰写的演讲文稿。）